CLÁUSULA DE AMOR

LAUREN CANAN

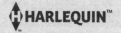

Editado por Harlequin Ibérica.
Una división de HarperCollins Ibérica, S.A.
Núñez de Balboa, 56
28001 Madrid

I.S.B.N.: 978-84-687-6038-4
Depósito legal: M-12040-2015
Impresión en CPI (Barcelona)
Fecha impresion para Argentina: 21.12.15
Distribuidor exclusivo para España: LOGISTA
Distribuidor para México: CODIPLYRSA
Distribuidores para Argentina: Interior, DGP, S.A. Alvarado 2118.
Cap. Fed./Buenos Aires y Gran Buenos Aires, VACCARO HNOS.

Capítulo Uno

Shea Hardin tuvo que admitir que el hombre no parecía el diablo. No le salían cuernos del cabello caoba grueso y bien peinado a Alec Morreston, aunque sí le caían unos cuantos mechones desafiantes sobre la frente. La boca grande y los labios bien definidos no gruñían, y los dientes blancos y perfectos que había visto brevemente en la sonrisa forzada al presentarse no tenían colmillos. De hecho, las facciones esculpidas de su rostro eran muy bellas, pero la ausencia de cualquier emoción aparte de la fría indiferencia las reducían a meramente tolerables. Shea había sentido su mirada varias veces desde que entró en la sala de conferencias situada al lado del despacho del abogado. No le hizo falta mirar en su dirección para saber que la observaba en silencio, grabando sus primeras impresiones, evaluando sus habilidades, sopesando sus fuerzas, alerta a cualquier atisbo de debilidad.

El instinto femenino le decía que su mirada no se reducía a su habilidad para manejar la situación. También estaba al tanto de cada curva de su cuerpo, atento a su respiración, observando cada uno de sus movimientos. Era una valoración cándida y sincera de sus atributos femeninos sin ningún esfuerzo por ocultar su interés. La intuición le dijo que era un hombre que sabía lo que necesitaba una mujer y sabía exactamente cómo dárselo. Su sutil arrogancia era a la vez insultante y encantadora. Shea intentó tragar saliva, pero se le había secado la boca. Decidió aparentar que no se sentía afectada por aquel hombre, así que cruzó las piernas, se retiró el pelo de la cara y clavó la vista en el antiguo reloj de pared. Pero a pesar de su determinación de ignorarle, no podía negar el calor que le irradiaba por todo el cuerpo, inflamándole los sentidos, alimentando el deseo que no quería sentir en la parte inferior del vientre.

Agarró un lápiz y garabateó en el libro de notas. Estaba actuando como una adolescente enamorada. ¿Cómo era posible que sintiera alguna atracción por aquel hombre, cuyo camino en la vida era destruir el pasado, derribar los preciados restos de eras anteriores y reemplazarlos por acero y frío cristal? Y encima quería su rancho. La respuesta traicionera de su cuerpo la irritaba.

–Si todo el mundo está preparado, sugiero que empecemos –dijo Ben Rucker, su abogado y amigo de la familia. Encendió una pequeña grabadora y la puso en la mesa, entre los papeles y los documentos legales–. Hoy es veintiséis de abril. El propósito de esta reunión es tratar el asunto del arrendamiento relacionado con la casa y la tierra ocupadas actualmente por Shea Hardin. Están presentes Alec Morreston, dueño de la propiedad; su abogado, Thomas Long; Shea Hardin; y yo, Ben Rucker, consejero legal de la señorita Hardin.

Shea sonrió a Ben. Sus cansados pero astutos ojos grises reflejaban la preocupación que sentía por la situación.

—A principios del siglo XIX, William Alec Morreston adquirió cinco mil ciento veinte acres de tierra que recorren el límite más al oeste en lo que ahora es el bosque nacional y la reserva natural del condado de Calico, en Texas. Aquel mismo año un poco más tarde, traspasó la parcela entera a una viuda, Mary Josephine Hardin. Desde entonces, los descendientes de Mary Hardin han seguido viviendo en esa tierra, hoy registrada como el Rancho Bar H —Ben agarró las gafas, se las puso en la nariz y sacó su copia del documento original—. Más que una compra, este traspaso de tierra se llevó a cabo de un modo similar a lo que hoy conocemos como un arrendamiento —miró por encima de las gafas—. Creo que todos tienen una copia del documento original, ¿verdad?

Todos asintieron y él continuó.

—Se habrán fijado en que el acuerdo era por noventa y nueve años con opción de renovación. El primer arrendamiento fue renovado por Cyrus Hardin, bisabuelo de Shea. El segundo, actualmente en curso, caduca a finales de este mes. Dentro de cinco días. La señorita Hardin quiere mantener la posesión de la propiedad. El señor Morreston ha indicado su deseo de reclamarla para su propio uso. Esto solo puede darse si la señorita Hardin no cumple con todos los requerimientos de renovación para finales de mes.

Shea miró a Alec Morreston y se encontró una

vez más con la intensidad de su mirada. Emanaba de él una poderosa energía, toda su fuerza estaba enfocada directamente en ella. Shea tragó saliva y apartó la vista, ignorando la creciente agitación de su pulso.

–No hemos inspeccionado la casa y las construcciones exteriores –afirmó el señor Long sin preámbulo–. Pero parece que todo está en condiciones satisfactorias. Reconocemos que todas las estipulaciones relacionadas con la condición de la propiedad se han cumplido.

Shea cerró los ojos y sintió una oleada de alivio. Alzó la mano hacia Ben y le apretó el brazo. Luego miró al señor Long y a Alec Morreston. Agradeció que hubieran sido sinceros con lo que habían visto, consiguió incluso dirigirles una sonrisa tensa de agradecimiento. Alec inclinó la cabeza como si fuera a decir «de nada», pero Shea no pudo evitar fijarse en que alzó una ceja, como si supiera algo que ella no sabía. Miró entonces a Ben. No sonreía, y no parecía compartir su sensación de alivio. Nadie apagó la grabadora. Nadie se puso de pie.

–Aparte de la condición de la propiedad –dijo Ben, que seguía sin mirarla–, parece que los antepasados de la señorita Hardin y del señor Morreston consideraron necesario añadir lo que podría describirse como una cláusula personal.

–¿Cláusula personal? –Shea frunció el ceño y empezó a pasar las páginas del documento.

–En la página cuatro, más a o menos a la mitad –Ben se quitó las gafas y las dejó sobre el papel, como si recordara las palabras de memoria. Habló con voz tranquila y pausada–. Afirma que además del mantenimiento, si la renovación del arrendamiento recae sobre una mujer, esta debe estar legalmente casada antes de la expiración de dicho arrendamiento.

Shea alzó la cabeza y se quedó mirando fijamente a Ben.

–¿Qué? –preguntó boquiabierta. Frunció el ceño sin entender nada y sin querer creer las implicaciones de lo que acababa de escuchar.

–También estipula –Ben se volvió a poner las gafas y alzó la barbilla– que si la arrendataria no tiene marido ni prometido, el miembro soltero de más edad de la familia Morreston se unirá a ella en matrimonio, legal y espiritualmente, y que vivirán como marido y mujer por un periodo no inferior a un año para asegurar la protección de la mujer ante cualquier peligro, ayudarla con las tareas del rancho y asegurarse de que es tratada con justa consideración. El incumplimiento de alguna de las dos partes de estos términos resultará en la pérdida de la propiedad en aras del otro. Si las dos partes principales contraen matrimonio, dicho matrimonio podrá terminar al final de un año, y en ese momento la tierra pasará a manos de la familia Hardin por otro periodo de noventa y nueve años de duración.

Ben se recostó en la silla y arrojó los documentos sobre la mesa.

–No se puede por menos que admirar la caballerosidad de la familia Morreston.

El silencio llenó a un instante la estancia.

–Supongo que las familias estaban muy unidas, Shea –continuó Ben–, y esta era su manera de garantizar la seguridad de una mujer sola y a cargo del rancho cuando el arrendamiento expirara. Como sabes, este era un mundo de hombres y una mujer sola no tenía muchas oportunidades.

–Pero… –Shea se inclinó hacia delante, colocó los codos en la mesa para apoyarse y se frotó las sienes con los dedos–, ¿me estás diciendo que el arrendamiento no puede renovarse porque soy una mujer soltera?

–Si me permite, señora Hardin –intervino Thomas Long–, lo que viene a decir en términos sencillos es que para renovar el arrendamiento tiene que estar casada o acceder a casarse con Alec dentro de los próximos cinco días y seguir casada con él al menos un año. Si no está de acuerdo, el arrendamiento se cancela. Si Alec no está de acuerdo con ese matrimonio en caso de que usted escoja esa opción, el arrendamiento se renovará.

Shea fue incapaz de hablar durante unos segundos. Mantuvo la mirada fija en el señor Long mientras trataba de encontrarle sentido a sus palabras. Estaba estupefacta.

–Tiene que ser una broma. Esto es una broma de mal gusto. Esto es arcaico.

Aunque trató de mantenerse calmada, cada vez se sentía más insegura.

–Esto no puede ser legal –miró a Ben, que estaba sentado en silencio–. ¿Lo es?

Ben vaciló unos segundos, como si estuviera tratando de formular la respuesta.

–Por lo que he podido saber, el dueño de la propiedad podía incluir en el acuerdo cualquier cláusula, requerimiento o restricción que existiera y que tuviera cabida en las leyes de aquel momento. En cuanto a si es vinculante bajo las leyes actuales, podría no serlo.

Shea sintió renacer la esperanza.

–Pero el problema es que si demandamos para que se retire esta cláusula, el tribunal podría declarar nulo el contrato entero, en cuyo caso el señor Morreston no tendría absolutamente ninguna obligación de renovar el arrendamiento –Ben alzó las manos en gesto de impotencia.

Shea se reclinó en la silla y miró por la ventana. ¿Cómo era posible que un día primaveral tan bonito se volviera de pronto tan feo y oscuro? Clavó la mirada en Alec Morreston.

–Usted estaba al tanto de esto, ¿verdad?

–Sí –respondió él con tono grave y ronco–. Thomas lo descubrió y me avisó hace un par de meses. Tal vez quieras preguntarle a tu abogado por qué no te informó. Ya que estaba al tanto de tu estado civil de soltera, podría habernos ahorrado tiempo a todos.

Shea dirigió la mirada hacia Ben, que se encogió de hombros y sacudió la cabeza.

–Lo siento, cariño. Creí que el señor Morreston se tomaría esa cláusula como una extravagancia. Nunca se me ocurrió pensar que la usaría en su provecho para intentar reclamar la posesión de la tierra.

–No me lo puedo creer –murmuró Shea–. ¿Estás diciendo que tengo que tomarme esta… locura en serio? ¿Que voy a perder mi hogar, mi rancho, todo por lo que mi padre y su padre antes que él trabajaron porque no estoy casada y no me casaré con él?

Su tono de voz pintaba claramente a ese «él» como alguien desagradable y malvado. A pesar de su carisma sexual, la conciencia de Shea le decía que Alec Morreston no era más que un oportunista de sangre fría.

–Su pérdida se ha tomado en consideración, señorita Hardin –Alec ignoró deliberadamente su arrebato. Su voz calmada resonó en medio del silencio que se había apoderado de la sala–. Estoy dispuesto a reembolsarle el dinero de las estructuras de la propiedad, incluida la casa, y también a compensarle por los ingresos de un año del rancho. Y, por supuesto, los beneficios de la venta del ganado y del equipamiento serán para usted si prefiere venderlo en lugar de recolocarlo.

Shea le miró con miedo a hablar por temor a que le saliera el torrente de furia que tenía dentro.

–Además –continuó Morreston–, estoy dispuesto a darle tiempo suficiente para que encuentre otra residencia. Entendemos que el proceso de recolocación será superior a los sesenta días estándar.

–Alec le está haciendo una oferta muy generosa, señorita Hardin –añadió Thomas Long, como si se sintiera obligado a señalarlo.

Shea ignoró al abogado y se centró en la fuente de aquella locura, en la encarnación del diablo.

10

Recostado con naturalidad en la silla, parecía relajado y completamente indiferente a lo que para Shea suponía el final de su vida. Sus principios básicos, su educación, sus sueños de futuro, el orgullo de su familia… todo descansaba entre los confines del rancho. No podía imaginar su vida sin él.

–¿Por qué hace esto? –tenía la voz firme, pero el corazón le latía a toda prisa y tenía un nudo en el estómago.

–No es nada personal, señorita Hardin –Alec ladeó la cabeza y le recorrió el rostro con la mirada.Es una cuestión de negocios.

–¿De veras? –le retó Shea–. ¿Para usted es un negocio destruir la vida de una persona? Debe creer que va a ganar una pequeña fortuna con este acuerdo.

–Siempre cabe esa posibilidad –admitió él encogiéndose de hombros.

–Tengo curiosidad. ¿En qué va a consistir? ¿Un rancho de amigos para sus colegas de la ciudad o una posada barata que se venderá abajo en diez años?

–No creo que los futuros planes que tenga Alec para el terreno tengan que tratarse en este…

–Es una buena tierra y está en lugar perfecto –respondió Alec interrumpiendo a su abogado–. Ha llegado el momento de sacarle partido.

No apartó los ojos de su cara, tenía un tono duro y frío. Shea no pudo evitar preguntarse si tendrían aquella reunión de estar su padre vivo. Pero el sentido común le dijo que Morreston quería la tierra y habría encontrado otros motivos para declinar la renovación. Aquella pequeña «cláusula personal» le venía como anillo al dedo.

–Podría usted omitir la cláusula y renovar el arrendamiento.

–Podría –admitió él abiertamente–. Pero no lo haré.

Shea observó en silencio las duras y cinceladas facciones de su rostro.

–Entonces no hay nada más que decir, ¿verdad? –se puso de pie, recogió los papeles y los guardó en una carpeta. No se arrastraría delante de ningún hombre, y menos de un arrogante de Nueva York. Además, no serviría para nada.

–Ben –Shea apretó los labios para evitar que le temblaran–. Supongo que te pondrás en contacto conmigo para decirme lo que hay que hacer –al ver que el hombre asentía, le sonrió con tirantez y salió de la sala.

Se las arregló para no dar un portazo. Pero cuando llegó a la calle las lágrimas de frustración y rabia le nublaban la vista. Había enterrado a su padre hacía siete meses. Y ahora se había enterado de que iba a perder también su casa. Tragó saliva para calmar la abrumadora sensación de pánico. El rancho era su refugio, su pasado y su futuro. Su padre se lo había encomendado para que cuidara de él y ella le había prometido en sus momentos finales que sus esfuerzos y los de todos los Hardin anteriores no serían en balde. Ella era la última, la única que quedaba, la que conservaría el legado de los Hardin. Doscientos años de lucha y sacrificio, de fuerza inquebrantable, valentía y decisión para conseguir una mejor vida en aquel pequeño trozo de tierra, y ahora el futuro descansaba únicamente sobre sus hombros. El peso resultaba abrumador.

Shea se colocó detrás del volante de su vieja camioneta. Su padre siempre decía de ella que era una mujer obstinada que nunca admitía la derrota. No tenía intención de rendirse tan pronto ante aquel arrogante malnacido. Ben había dicho que debía casarse antes de que expirara el contrato. No había dicho que tuviera que casarse con Alec Morreston, como había dado a entender su abogado. En algún lugar habría un hombre dispuesto a casarse con ella durante un año conforme a un acuerdo meramente profesional. Iba a encontrarlo.

Alec y Thomas recogieron sus respectivos documentos y se prepararon para salir del despacho de Ben Rucker. Alec tenía que admitir que estaba impresionado con Shea Hardin. Estaba enfadada, pero eso era comprensible. Las palabras que dijo a su abogado justo antes de marcharse indicaban que aceptaba la situación. Pero, ¿se habría rendido de verdad? El éxito de Alec en los negocios se debía en gran parte a seguir su instinto. En sus treinta y seis años, ese instinto no le había fallado casi nunca. Y en aquel momento le gritaba que Shea Hardin no había reconocido la derrota. Con su sedoso cabello rubio y los vaqueros ajustados que le marcaban la estrecha cintura y las femeninas curvas, era un peligro mayor. Si a aquello se añadían las delicadas facciones del rostro y los increíbles ojos azules, el problema se convertía en mayúsculo.

Shea Hardin no tendría dificultad en encontrar a algún hombre que quisiera casarse con ella durante un año. Tenía cinco días para conseguirlo. Si lo lograba, Alec tendría que decirle adiós a aquel proyecto. Lamentaba que tuviera que hacerse de aquel modo, que aquella joven tuviera que dejar su casa. Había sentido una incómoda punzada de arrepentimiento antes incluso de que su abogado la informara de la situación.

Dejó la carpeta dentro del maletín y lo cerró con gesto contrito. Arrepentimiento no era lo único que había experimentado. No recordaba que su libido hubiera reaccionado nunca con la velocidad e intensidad que lo había hecho ante Shea Hardin. La intuición le hizo saber que el sexo con ella sería apasionado e intenso. Una oleada de rabia se apoderó de él ante la idea de que se casara con otro hombre.

–Thomas –dijo cuando llegaron al vehículo–, déjame en la agencia de alquiler de coches, conduce hasta Dallas, de ahí al aeropuerto y vuela a Boston. Reúnete con Rolston por la mañana para ultimar los planos para la construcción de este nuevo hotel. Ya sabes lo que necesitamos. Consigue que se firmen los contratos y te veré en Nueva York dentro de un par de días.

–¿Te vas a quedar aquí? –Thomas alzó las cejas en gesto de sorpresa.

–Sí. Tengo la sensación de que la señorita Hardin no se va a dar por vencida tan fácilmente.

Thomas abrió la puerta del coche y dejó la chaqueta del traje dentro.

–Alec, no te sientas mal por la situación de esá mujer. Le has ofrecido un montón de dinero cuando no tenías por qué y le has dado muchísimo tiempo para encontrar otra cosa. Qué diablos, la tierra es tuya.

–Sí, me quedaré aquí solo un par de días. Llamaré esta noche para ver cómo está Scotty. Mi madre tenía pensado ir hoy al zoo con él y ya deben haber vuelto a casa.

–¿Tu madre está cuidando de tu hijo?

–Se ofreció a quedarse con él. Le compré un billete desde San Petersburgo.

Tras arrancar el coche, Alec enfiló hacia el norte entre el tráfico. Debería ir de camino a Boston o de regreso a Nueva York, pero estaba atrapado en una ciudad del norte del Texas llena de coyotes y vaqueros, de botas y peleas, de carreteras polvorientas y pegatinas del coche que proclamaban que el sur se alzaría de nuevo. Aquel no era su sitio. Pero tenía que proteger su derecho a aquella tierra. Lo lógico sería llevar a un par de personas de su equipo para que echaran un vistazo. Pero antes de formular la idea, el rostro de Shea Hardin apareció en su mente y estranguló el plan.

–Gracias por venir, Leona –Shea abrió la puerta para darle la bienvenida a su vecina–. Necesito tu ayuda.

Habían pasado tres días desde la reunión en la

oficina de Ben y Shea todavía no tenía un plan só-
lido para salvar el rancho.

–¿Estás bien? –Leona la observó con deteni-
miento–. Por teléfono sonabas fatal.

–Estoy bien –Shea sonrió a la otra mujer–. Al
menos físicamente. Entra, voy a preparar un poco
de té.

Leona Finch era lo más parecido a una figura
materna que Shea había tenido desde que su madre murió cuando ella tenía cinco años. Shea quería mucho a Leona, una mujer de sesenta y pico
años con las facciones bronceadas por el sol y las
arrugas de una vida entera trabajando en el rancho. Hablaba con la misma dureza que tenía en la
piel. Pero era sensible, empática y a pesar de su li-
mitada educación, profundamente sabia.

Leona entró en la cocina, retiró una silla y se
sentó en la mesa mientras Shea sirvió el té recién
hecho y añadió una ramita de menta. Dejó los vasos sobre la mesa y se sentó frente a Leona.

–Tengo… tengo un problema –comenzó a decir–. Un problema grave.

–Vaya, diablos –Leona le dio un sorbo al vaso
de té y se reclinó en la silla–. Todos los problemas
tienen solución. Tú dime qué te preocupa y encontraremos la manera de arreglarlo.

–No sé por dónde empezar. Hace tres días me
llamaron para una reunión en el despacho de
Ben. Parece que tengo que encontrar un marido.
Y solo tengo dos días para conseguirlo.

Capítulo Dos

–¿Que tienes que hacer qué? –Leona se inclinó hacia delante y Shea vio cómo entornaba la mirada como si estuviera buscando algún indicio de que se trataba de una broma.

–Si no me caso antes del último día de este mes perderé el rancho.

–¿Quién lo dice? –preguntó Leona con tono receloso.

Shea le contó el encuentro en el despacho de Ben Rucker tres días atrás.

–No tengo intención de dejar atrás todo lo que quiero y por lo que mi padre tanto luchó –deslizó el dedo por el hielo del vaso–. Me he pasado los tres últimos días al teléfono tratando de localizar a algunos amigos de la universidad. Los que he encontrado o están casados o tienen una relación con alguien. Entre los años que estuve fuera y la enfermedad de mi padre, perdí contacto con la mayoría de la gente que conocía del instituto. Había tenido dos amores en su vida. El primero fue su amor de instituto, que ahora estaba casado y tenía dos hijos. Conoció al otro, David Rollins, en su segundo año de universidad. Durante un tiempo fueron inseparables e incluso llegaron a hablar de boda. Pero al final los dos se dieron cuenta de que buscaban cosas diferentes en la vida. Los planes de David no incluían vivir en un rancho del norte de Texas. Shea no se veía viviendo en ningún otro sitio. Trató desesperadamente de contactar con David, pero no tuvo suerte. Algunos amigos en común habían oído que estaba viviendo en el este, pero nadie sabía exactamente dónde. Shea sacó un bloc de notas y lo puso sobre la mesa.

–He hecho una lista con unas cuantas posibilidades –sacudió la cabeza con frustración y le pasó el bloc a Leona–. Ha pasado mucho tiempo.

Leona agarró la lista y la dejó a un lado. Luego le clavó la mirada en el rostro a Shea.

–No estarás pensando de verdad pedirle a algún hombre que se case contigo, ¿verdad?

Shea se encogió de hombros.

–¿Qué más puedo hacer?

–¿Tienes la más remota idea de dónde te estás metiendo?

–Será un acuerdo profesional, estrictamente platónico.

–Sí, claro –murmuró Leona pasándose la mano por la cara–. Esta es la situación más absurda que he oído en mi vida –Leona agarró la lista y empezó a repasar los nombres–. Tommy Hall. ¿Sus padres son John y Grace?

–Sí –asintió Shea.

–Se casó hace dos semanas –Leona agarró un bolígrafo y tachó el nombre–. Duncan Adams. Bebe mucho –recordó–. No necesitas pasar por eso. ¿Cecil Taylor? He oído que pierde más de lo que gana con los caballos de Bossier City. A menos que quieras financiarle la adicción al juego, puedes borrarle de la lista.

Leona fue tachando uno a uno a todos los hombres, hasta que de catorce solo quedó uno.

–¿Qué me dices de Tim Schultz? –preguntó tratando de no parecer desesperada.

Leona miró el último nombre de la lista.

–Tal vez. ¿Su padre no es el predicador de la pequeña iglesia que hay al este de la ciudad? –Leona frunció el ceño mientras pensaba–. No he oído nunca nada malo de él. Es bastante tranquilo. Y tiene más o menos tu edad, ¿verdad?

–Sí –confirmó Shea–. Su familia se mudó a esta zona hace unos años, pero compartí algunas clases con él en la universidad. Es bastante simpático.

–Así que tu plan es acercarte a él y contarle el problema, ¿no? –Leona dejó el bolígrafo y la libreta sobre la mesa–. Vas a decirle, «hola, qué tal, ¿te casarías conmigo durante un año? Se trata de un asunto meramente profesional».

–Le explicaré las circunstancias, por supuesto –Shea no había racionalizado aquella parte del plan, pero sin duda era necesario hacerlo.

–Usa la cabeza, chica. Tal vez si volvieras a hablar con ese tal Morreston…

–No –Shea se reclinó en la silla y se cruzó de brazos.

Alec Morreston. La mera mención de su nombre provocó que se le sonrojaran el cuello y la cara. La expresión de deseo masculino de sus ojos todavía permanecía vívida en su mente. Nunca había experimentado nada así, pero después de tres días sabía que no lo había imaginado.

–Te aseguró que no servirá de nada. Es promotor. Vive en Nueva York, seguramente en algún ático elegante. No le importa la tierra. Solo le importa ganar dinero. Seguramente nunca en su vida se ha manchado las manos.

–¿Y si cambias las tornas? –preguntó Leona dándole otro sorbo a su té.

–No te entiendo –Shea frunció el ceño.

–Bueno, según el contrato, si no estás casada a finales de mes, Morreston tendrá que casarse contigo o acceder a renovar el arrendamiento, ¿verdad?

Shea asintió, asustada al ver el cariz que tomaba el asunto.

–Así que dile que quieres casarte con él. Pon la pelota en su tejado –razonó Leona–. Piénsalo. ES un tipo de ciudad. No va a acceder a casarse contigo y vivir en este rancho. Cree que te tiene pillada y que harás justo lo que estás haciendo, negarte a usarle como salida.

Shea sacudió obstinadamente la cabeza.

–De ninguna manera, Leona –todavía le quedaban cuarenta y ocho horas–. Ojalá mi padre estuviera vivo –susurró levantándose y acercándose al teléfono para llamar a Tim Schultz.

Tim había accedido a encontrarse con ella en la cafetería de Barstall a la una. Ya llegaba tarde.

–Hola, señorita Hardin.

Shea dio un respingo al escuchar aquella voz profunda. Levantó la cabeza y los ojos se le abrieron de par en par por el asombro. Podía sentir cómo palidecía al mirarse en los ojos ámbar de Alec Morreston.

–¿Puedo sentarme?

Antes de que pudiera responder, Alec retiró una silla frente a ella y tomó asiento.

–¿Qué… qué está haciendo usted aquí? –le preguntó con voz temblorosa.

–Voy a comer –respondió él con inocencia. Luego se encogió de hombros–. He decidido tomarme unos días y visitar la zona. Pensé que podría ser… beneficioso para el futuro desarrollo del proyecto. ¿Ha pedido ya?

–¿Si he…? No –Shea sacudió la cabeza–. No. He quedado con alguien –miró hacia la puerta de entrada, ya no estaba segura de querer ver a Tim cruzándola.

Alec la miró en silencio durante un instante.

–Entiendo. Bien, entonces me iré a otra mesa en cuanto llegue… ella o él.

Shea estaba tremendamente nerviosa. ¿Cómo diablos le iba a presentar el problema a Tim con Morreston al lado?

–El pollo a la brasa suena bien –comentó mirando la carta–. ¿Qué me recomiendas?

Antes de que Shea tuviera oportunidad de pensar en qué decir, otra voz la llamó.

–Eh… perdón. ¿Shea? –Tim Schultz sonrió a modo de disculpa–. Siento llegar tarde.

–¡Tim! –Shea sonrió nerviosamente–. No pasa

nada –miró hacia Morreston con la esperanza de que desapareciera en silencio. Al parecer no iba a ser el caso. La educación exigía que hiciera las presentaciones.

–Tim, este es Alex Morreston… Tim Schultz. Alec se puso de pie y los dos hombres se estrecharon la mano.

–Bueno, no quiero interrumpiros. Seguro que tenéis muchas cosas de qué hablar –dijo Alec con una mueca.

–¿Quiere quedarse con nosotros? –preguntó Tim, ajeno a la situación.

–¡No! –gritó Shea.

Los dos hombres la miraron. Uno con curiosidad, el otro con creciente buen humor.

–Gracias, Tim –dijo Alec–, pero creo que Shea quiere hablar a solas contigo.

Al parecer la situación le resulta extremadamente divertida.

–Sabía usted que estaba aquí, ¿verdad? ¿Cómo?

–Ha sido su capataz. Hank, creo que se llama. Dijo que a lo mejor comería usted aquí hoy –Alec se apartó de la mesa.

Pero para desmayo de Shea, se sentó justo en la mesa de al lado. Desde allí podría escuchar todo lo que dijeran.

–Y dime, ¿cómo estás, Shea? –preguntó Tim tomando asiento. No te veo desde hace… ¿tres años? Me sorprendió recibir tu llamada. ¿Qué ocurre?

***

Shea no pudo contener el abrumador deseo de romper algo cuando salió del restaurante. Estaba furiosa. Quería matar a Alec Morreston. Cada vez que había intentado sacar con Tim el motivo de su encuentro, Morreston se aclaraba la garganta o la interrumpía para preguntarle algo a Tim o hacer algún comentario anodino. Entre interrupción e interrupción, se reclinaba en la silla y se la quedaba mirando sin apartar los ojos de ella, tal y como había hecho el primer día en el despacho de Ben. Fingió una jaqueca y le pidió a Tim que la llamara más tarde. Ahora, mientras avanzaba hacia el coche, se sintió cada vez más agobiada. Se le estaba agotando el tiempo. Solo faltaban unas horas para perder la casa que tanto amaba. Cuando salió del aparcamiento con el coche se abrieron las puertas del restaurante y salió Morreston... con Tim a su lado. Parecían enfrascados en una charla desenfadada, y solo Morreston la vio al pasar. Se tocó la punta del sombrero en silencioso saludo. Shea apretó el volante con fuerza y vio por el espejo retrovisor cómo se giraba hacia Tim, asentía y se reía. Y en aquel momento supo que nunca tendría una segunda oportunidad para hablar con Tim. Sabía lo que Shea quería hacer y quería que fracasara. Al diablo acababan de salirle los cuernos.

Pegó un frenazo, y sin pensar en lo que hacía, metió la marcha atrás. Retrocedió hasta detenerse delante de los dos hombres. La conversación se interrumpió al instante y los dos la miraron con curiosidad. Shea bajó la ventanilla y compuso una sonrisa falsa.

–Siento interrumpirlos, caballeros. Verás, Alec, he estado pensando en la reunión que tuvimos a principios de semana, y bueno, creo que tu abogado tenía razón cuando habló de la preocupación de tu familia al pensar que una mujer soltera no podía llevar un rancho sola. Dado que el señor Long fue tan amable como para explicarme las alternativas, y dada la compresión que has mostrado, creo que tienes toda la razón –le miró fijamente a los ojos–. Me casaré contigo. ¿Qué te parece si nos reunimos en el despacho de Ben Rucker dentro de una hora? Seguro que podrá ayudarnos con los detalles necesarios para antes de la ceremonia –Shea se giró hacia Tim–. Tim, siento no haber tenido oportunidad de hablar contigo de esto dentro –se disculpó–, pero la razón por la que quedé contigo fue para pedirte que me ayudaras a convencer a tu padre para celebrar la ceremonia a pesar de avisarle con tan poco tiempo. ¿Te importaría hablar con él?

–No –Tim se encogió de hombros. Si aquella conversación le parecía extraña, lo disimulaba muy bien–. Le voy a ver esta tarde. ¿Cuándo es la boda? ¿Y dónde?

–Esta noche. En mi casa –miró a Alex, cuyo rostro mostraba claros signos de irritación–. ¿Te parece bien a las ocho? –le preguntó.

Alec guardó silencio durante un largo instante. Escudriñó su rostro como si quisiera averiguar qué planeaba, como si no pudiera creer lo que acababa de pasar.

–A las ocho está bien –dijo finalmente.

Shea sonrió y volvió a poner la camioneta en marcha. Sus ojos ámbar se entrecerraron en una silenciosa declaración de guerra. Aunque Shea tenía la sensación de que su triunfo sería breve, lo saborearía mientras durara.

–No puedo dejar que hagas esto –afirmó Ben Rucker por tercera vez–. Acepta el dinero que te ha ofrecido y compra un terreno en otro lado. Yo te ayudaré. Puedes…

–No, Ben, esta es mi casa, el hogar de mi familia durante seis generaciones. No puedo meter en la maleta doscientos años de recuerdos y marcharme como si nada.

–¿No hay forma de que pueda convencerte para que desistas?

–No a menos que Morreston me renueve el arrendamiento.

–Algo que no está dispuesto a hacer.

La voz grave resonó desde la puerta abierta. Shea y Ben se dieron la vuelta a tiempo para ver al protagonista de su conversación entrar con naturalidad en la habitación. Llevaba chaqueta informal, corbata y la camisa abierta al cuello.

–No haga esto, Morreston –le suplicó Ben.

–No es cosa mía –respondió él con la mirada clavada en Shea–. La señorita Hardin podía escoger, y al parecer ha optado por esta opción.

–No la ha dejado escoger y lo sabe –arguyó Ben–. ¿Qué clase de hombre es usted para aprovecharse de ella de este modo?

Alec ignoró la pregunta.

–Me gustaría hablar con la señorita Hardin en privado –no apartó los ojos de su rostro.

–Entremos en la sala de al lado, señor Morreston –Alec la siguió a una pequeña sala de conferencias y cerró la puerta tras ellos.

Se quedaron unos minutos mirándose en silencio.

–¿De verdad está hablando en serio? ¿Se casará con un completo desconocido para quedarse con la tierra?

–Sí –respondió Shea sin vacilar.

Alec se la quedó mirando fijamente.

–¿Cuánto dinero quiere? –le preguntó en voz baja.

¿Acaso aquel hombre no había querido nada en su vida que no tuviera una etiqueta con el precio? ¿No podía entender el legado que estaba tratando de salvar?

–No quiero su dinero, señor Morreston. No se trata de dinero, se trata de mi casa. Mi familia. Valores familiares y tradición. Cosas de las que al parecer usted no sabe nada.

Alec se metió las manos en los bolsillos de los pantalones y pasó por delante de ella para detenerse frente a la enorme ventana de la pared de enfrente. Se quedó allí durante un largo instante sin decir nada. Shea miró por el rabillo del ojo cómo se rascaba la nuca.

–No funcionará, ¿sabe? –su voz tenía un toque ronco que en otras circunstancias le habría parecido extremadamente sensual–. Aunque acceda a esto, ningún matrimonio podría sobrevivir un año en estas circunstancias. Finalmente reconocerá su derrota y la tierra volverá a mí.

–Eso es muy prepotente por su parte, señor Morreston. ¿Qué le hace estar tan seguro que seré yo quien renuncie?

Alec acortó la distancia que les separaba hasta que estuvo a menos de medio metro de ella. Sin previo aviso, extendió la mano y le acarició la cara. Shea aspiró con fuerza el aire. Alec le puso la mano en la nuca aplicando una leve presión para acercarla todavía más. Los labios gruesos y bien definidos de Alec se entreabrieron como si fuera a besarla, pero se detuvo a unos centímetros de su boca y le rozó los labios con el pulgar. El tiempo se detuvo. La cercanía física hizo que a Shea se le acelerara el pulso. Tragó saliva para contener el pánico que se apoderó de ella y apartó la vista. Alec le alzó suavemente la barbilla, obligándola a mirar en las profundidades doradas de sus ojos. Los músculos del estómago se le contrajeron involuntariamente y experimentó una oleada de calor sexual. Una voz interior le gritó que debería salir corriendo mientras pudiera.

Capítulo Tres

–De acuerdo, señorita Hardin –su voz ronca atravesó el silencio de la sala–. Jugaremos a esto a su manera y veremos qué ocurre. Haré honor a las condiciones que estipularon nuestros antepasados y nos casaremos. Y no construiré en el terreno mientras continúe este matrimonio o si está unión supera el año.

Hizo una breve pausa y ladeó ligeramente la cabeza como si estudiara su reacción.

–Pero quiero que sepas una cosa –dijo tuteándola, aunque con voz muy seria–. Serás mi esposa tal y como lo estipula el contrato original. Legal y espiritualmente, en cuerpo y alma. Compartirás mi vida así como mi cama mientras dure. ¿Entiendes lo que estoy diciendo?

Había llegado el momento de recular. Shea lo sabía, pero no podía moverse. Le estaba diciendo sin tapujos lo que iba a tener que aceptar. Le estaba dando la oportunidad de marcharse. Shea aspiró con fuerza el aire y confió en su fuerza fuera tan firme como su obstinación.

–Lo entiendo –aseguró en voz baja pero firme.

–¿De verdad? –los ojos ámbar de Alec Morreston brillaron–. Supongo que lo averiguaremos esta noche, ¿verdad? –la soltó y avanzó hacia la puerta, pero vaciló antes de abrirla–. Una cosa más. Quiero un contrato prematrimonial. Thomas lo enviará por fax al despacho de tu abogado antes de…

–No –lo interrumpió ella–. No quiero nada de ti que no sea mi rancho. Puedes confiar en mí o comprar un billete de vuelta a casa.

Shea vio cómo apretaba las mandíbulas. Parecía estar tratando de controlarse para no explotar.

–Mis posesiones personales no tienen nada que ver con el asunto de la tierra. Si lo único que quieres es el rancho, como afirmas, entonces no creo que sea mucho pedir que firme un acuerdo prematrimonial.

–En el contrato no dice nada de un acuerdo prematrimonial. Me niego a firmar ninguna. Si te niegas a casarte conmigo por eso, entonces supongo que la tierra es mía. Tú decides.

El corazón le latía con fuerza contra el pecho. Se hizo el silencio en la sala. Un leve cambio en la postura de Alec, que pasó de tensa a una naturalidad exagerada, le hizo saber que había recuperado el control con el que mantenía a raya sus emociones.

–De acuerdo –dijo finalmente con tono repentinamente amenazante–. Jugaremos duro si eso es lo que quieres. Prepárate para mí esta noche, cariño –se apartó y abrió la puerta.

Shea salió por ella temblorosa y al mismo tiempo decidida. Aunque la inesperada y cándida proclamación la había desconcertado un poco, sabía que el matrimonio nunca se consumaría. Estaba tratando de intimidarla. Nada más. Tal vez se hubiera visto obligada a firmar un pacto con el diablo, pero Alec sabría muy pronto que no era ninguna víctima. Alec Morreston era un animal de ciudad. No sabía lo que era la dura realidad de un rancho, y estaba convencida de que no duraría ni un mes.

–Alec –la preocupación de Thomas se notaba a través de la línea–. ¿Seguro que sabes lo que estás haciendo?

La relación cliente abogado se había transformado en una sólida amistad a lo largo de los años.

–Quiero decir, ¿qué sabemos en realidad de esa mujer? ¿De verdad tienes que casarte con ella? –preguntó con incredulidad.

–No quiere más dinero, Thomas. Dice que quiere la tierra, y yo la creo. Está convencida de que puede hacerme recular. Desgraciadamente para ella, me he comprometido a construir este complejo de entretenimiento. Los inversores ya están avisados. He invertido varios millones y todavía no hemos puesto el primer cimiento. No hay vuelta atrás. Dame un par de días, un par de semanas como mucho, y conseguiré que se marche de allí.

–De acuerdo –se hizo otro momento de silencio–. Pero haremos un acuerdo prematrimonial. Redactaré un borrador y…

–No, gracias, Thomas. Ya hemos hablado de esto y se niega.

Se hizo otro silencio.

–Entonces no te cases con ella. Que se quede con la maldita tierra. Aunque te hayas gastado una buena cantidad en el proyecto, no vale ni una fracción de tus otras posesiones. Alec…

–Mira, Thomas, agradezco tu preocupación. Pero voy a seguir adelante.

¿Cómo iba a explicarle a Thomas que el instinto le decía que no habría ningún problema? Había algo en Shea Hardin, un brillo de verdad en la profundidad de sus ojos azules. Nada de lo que había visto le daba motivos para sospechar que quería algo más que no fuera el rancho.

–No pretendo seguir casado ni un segundo más de lo estrictamente necesario. Y luego pediremos la nulidad, le daré algo por las molestias y se acabó.

Había tenido oponentes mucho más duros que Shea Hardin y había salido victorioso. Alec decidió cambiar de tema.

–Necesito que llames a Valturego. Ver si está ya preparado para firmar el contrato de construcción del casino. Me pondré en contacto con él cuando vuelva al despacho.

–Le llamaré en cuanto colguemos –prometió Thomas.

Tras despedirse, Alec arrojó el móvil sobre la cama de la habitación del motel y miró el reloj digital de la mesilla. Eran más de las seis. Debería empezar a arreglarse. La última vez que juró unos votos había más de ciento cincuenta invitados, algunos a los que ni siquiera conocía. La fragancia de miles de flores permeaba el aire de la inmensa iglesia. Recordaba la expectación creada en el enorme santuario ante el espectáculo que se iba a producir. Sondra lo quería así y todo se había hecho según sus deseos. Mirándolo ahora, Alec pensó que tendría que haberlo visto venir. A Sondra le encantaba salir de fiesta, y sus actos le habían hecho sospechar que podría tomar drogas, pero no había sido capaz de demostrarlo, y no supo nada del otro hombre hasta que un día llegó a casa y encontró la nota. Sin excusas. Sin disculpas. Una mujer desconocida que esperaba al otro lado de la puerta le entregó un bebé y le dijo que era suyo. De pronto estaba solo con un hijo pequeño.

Un mes más tarde, Alec supo que Sondra había muerto de sobredosis de pastillas. En los años posteriores, la rabia que sentía por su traición disminuyó, pero la lección de confianza que Sondra le había dado remodeló su carácter y siempre la tenía en mente. Había jurado no volver a cometer el error de casarse. Con nadie. Por ninguna razón. Mantuvo aquella decisión durante casi cinco años. Pero en menos de un ahora estaría otra vez frente a un notario y juraría amar, respetar y obedecer, y esta vez a una mujer de la que no sabía nada. Shea Hardin era un misterio total. No encajaba en ninguno de los modelos que conocía. Era una contradicción andante, inteligente y al mismo tiempo ingenua, guapa pero poco sofisticada, sexy y a la vez de aspecto inocente. Parecía frágil y sensible, como si sus convicciones pudieran hacerse añicos fácilmente. Pero después de hoy tenía la sólida impresión de que era tan frágil como un roble. Le había retado. Le fascinaba. Y tenía los ojos azules más increíbles que había visto en su vida. Y luego estaba la boca, unos labios carnosos que podrían proporcionarle a un hombre todo tipo de placeres. Había estado a punto de besarla en el despacho del abogado, pero se retiró en el último momento, al ser consciente de que no se detendría con un simple beso. No, su problema no iba a ser intimidar a Shea Hardin. Iba a ser controlarse para no lanzarse sobre ella.

Shea estaba frente a su armario mirando los pocos vestidos que tenía. Normalmente no tenía necesidad de ponerse nada más que ropa para el rancho, así que sus opciones estaba muy limitadas. Sacó un vestido estampado y lo sostuvo frente a ella mientras miraba su reflejo en el espejo de cuerpo entero. No le gustó. Lo dejó en su sitio y buscó otro. Tenía el estilo equivocado. Se mordió el labio inferior mientras sacaba un traje verde oscuro del armario. Tampoco le gustaba. ¿Rojo? No. ¿Negro? Una sonrisa impía le cruzó el rostro al imaginar la imagen que daría. Pero volvió a colgar el vestido en el armario y sacudió la cabeza con frustración. No tenía tiempo para ir de compras. Dadas las circunstancias, debería ponerse unos vaqueros limpios y ya.

Al pensar en aquel día, no podía creer lo rápido que se había dado todo para poder celebrar la boda. El viejo doctor Hardy había sacado las muestras de sangre allí mismo y Jane Simmons, la del juzgado, había conseguido que el juez Lamb sacara la licencia sin esperar los tres días de rigor. Resultaba tan increíble. De pronto, el reflejo del espejo captó el movimiento de una enorme bola de pelo naranja cuando Calabaza, el viejo gato, saltó al baúl de cedro que estaba a los pies de la cama.

Shea se dio la vuelta y miró hacia el baúl. Los recuerdos de su infancia acudieron al instante a su cabeza, de cuando era una niña pequeña que quería crecer lo suficiente para poder ponerse el largo vestido de seda blanca que su madre guardaba dentro. Hacía años que no miraba el contenido del baúl. Dejó a Calabaza en el suelo y empezó a sacar los objetos que había en la parte superior del baúl: pañuelos y toallas bordadas, colchas hechas a mano… lo dejó todo en el suelo y se arrodilló al lado del baúl, ahora medio vacío. Apartó varias capas de papel de seda y entonces apareció tal y como lo recordaba. El vestido de boda de su madre.

Shea se puso de pie mientras se lo llevaba al pecho. La tela era seda blanca. Los años habían oscurecido ligeramente el color crema, pero el tiempo no podía disminuir su sencilla elegancia. El cuello alto y victoriano, resaltado por el delicado encaje que cubría el corpiño y los hombros. Los ojos se le llenaron de lágrimas de anhelo por la madre que nunca conoció. Tocó con delicadeza el suave encaje. ¿Se atrevería a manchar el recuerdo del día de la boda de su madre llevándolo para la atrocidad marital que estaba a punto de tener lugar? Pero tampoco le parecía bien la idea de guardarlo otra vez en el baúl y cerrarlo. Algo la llevó a probárselo.

Diez minutos más tarde se colocó delante del espejo y casi no se reconoció en el reflejo. El vestido le quedaba perfectamente. Su estilo sencillo creaba un aura de sofisticación al caer en cascada al suelo. Shea se mordió el labio inferior y lamentó que aquel no fuera a ser un matrimonio de verdad, basado en el amor y el respeto y con esperanzas de futuro en lugar de una estipulación legal con un desconocido arrogante. Alec Morreston se reiría sin duda si aparecía con traje de novia. Pensaría que se había vuelto completamente loca. Y sin embargo, una mujer se casaba por primera vez solo una vez en la vida.

Shea dejó escapar un suspiro de frustración. Llevar el vestido de su madre era cumplir un sueño que había tenido desde niña. Si Alec se reía, ¿a ella que más le daba?

Tenía el tiempo justo para ventilar el vestido antes de que llegaran Morreston y el reverendo Shultz. Pero primero tenía que hablar con Hank Minton, el capataz del rancho. Se desvistió rápidamente, dejó el vestido sobre la cama y se puso unos vaqueros antes de dirigirse al establo principal.

–William Alec Morreston, ¿quieres a esta mujer como legítima esposa para amarla y respetarla en lo bueno y en lo malo, en la riqueza y en la pobreza, en la salud y en la enfermedad, todos los días de tu vida?

A Shea le daba vueltas la cabeza. Aquello no podía estar ocurriendo. Tal vez si parpadeaba lo suficientemente rápido se despertaría de la pesadilla. A su lado de pie en el salón Alec respondió a las preguntas del reverendo Schultz con el respeto y la sinceridad de un hombre que iba a casarse con la mujer de sus sueños. Se llevó su mano a los labios y le dio un breve beso tras deslizarle en el dedo el anillo de boda con diamantes incrustados que había comprado aquella tarde. Después de que el juzgado les entregara la licencia, Alec insistió en que Shea le acompañara a la joyería de la ciudad para escoger los anillos. Una vez en la tienda, al ver los brillantes anillos de oro y diamantes, le parecieron unas esposas en miniatura que le recordarían que iba a estar encadenada a aquel hombre tan obstinado durante un año. Menos, si ella se salía con la suya, pero incluso un día sería demasiado.

¿Qué dirían sus amigos si supieran la verdad, que aquel hombre tenía pensado no solo destruir su hogar, sino también llevar a cabo un cambio tan catastrófico que provocaría un maremoto en las vidas de todos los presentes? Se sentía una traidora. Pero Leona estaba de acuerdo en que contar la verdad solo serviría para crear preocupaciones innecesarias y una presión que Shea no necesitaba. Tenía que concentrarse en su guerra contra aquel hombre. Y cuando ganara, nadie sabría la verdad. Alec Morreston había sido presentado como un amor perdido que conoció en la universidad. Las preocupaciones familiares le habían apartado de allí, pero ahora había vuelto a su vida y ninguno de los dos quería esperar un segundo para casarse.

Shea tuvo la sensación de que Alec quiso reírse cuando le contó el plan, pero accedió a él. ¿Y por qué no? Él no estaría allí para explicar el asunto cuando todo le explotara en la cara. Shea confiaba en poder sobrevivir a la velada sin ponerse a vomitar.

–Elizabeth Hardin, ¿aceptas a este hombre como legítimo esposo…?

Mientras ella recitaba a regañadientes la promesa de amar, honrar y obedecer a aquel hombre irritante, miró de reojo en su dirección y le pareció ver que fruncía los labios como si quisiera contener una sonrisa malvada. Shea apretó los dientes cuando le puso el anillo de oro en el dedo y no se atrevió a volver a mirarle.

–Por la autoridad que me ha sido concedida, yo os declaro marido y mujer –el reverendo Schultz sonrió antes de girarse hacia Alec–. Puedes besar a la novia.

La realidad se volvió surrealista cuando miró a Alec, el desconocido que ahora era legamente su marido. Solo tuvo unos segundos para comprender el auténtico impacto de lo que había hecho antes de que Alec la estrechara entre sus brazos y le alzara la barbilla.

–Demasiado tarde para lamentaciones, señora Morreston –susurró como si le hubiera leído el pensamiento.

Bajó la cabeza y le cubrió la boca con la suya. Algo hizo explosión dentro de ella, provocando que sus sentidos empezaran a dar vueltas. Shea se agarró a las solapas de su traje para no perder el equilibrio. Alec le entreabrió los labios con pericia y le deslizó la lengua en el interior de la boca. Le sostuvo la cabeza con fuerza mientras le llenaba la boca con su sabor masculino. A pesar de su determinación de mantenerse impávida ante aquel hombre, se encontró respondiendo a las tentaciones sensuales que le ofrecía. Le apartó la mano del hombro para tocarle el rostro y le deslizó las yemas de los dedos por la firme línea de la mandíbula.

Entonces Alec se apartó y Shea no pudo negar que experimentó una ligera sensación de desilusión. Él se la quedó mirando fijamente con el ceño fruncido, como si buscara en su expresión la respuesta a una silenciosa pregunta.

¿Se habría sentido tan afectado como ella por el beso? Entonces una sonrisa lenta y sexy le cruzó las facciones antes de ponerse a su lado y recibir las felicitaciones del pequeño grupo de personas que les rodeaban con una sonrisa.

Shea aspiró con fuerza el aire, frustrada ante su momentánea debilidad. Se las arregló para presentar a su marido a sus amigos más cercanos y a los vecinos mientras rezaba en silencio para que nunca averiguaran lo que estaba en juego bajo la fachada de su matrimonio. Lo último que necesitaba era que unos vecinos preocupados por su propio modo de vida la distrajeran de su objetivo principal, que era librarse de aquel hombre. El fotógrafo empezó a colocarlos para las fotos de boda. Alguien hizo un comentario indiscreto sobre la noche de bodas. Todo el mundo se rio, pero para Shea solo sirvió para darse cuenta de lo depravado de la situación. Sintió un escalofrío. ¿Qué clase de hombre era Alec Morreston? ¿Sería comprensivo con sus sentimientos o todo lo contrario? No podía evitar que los ojos se le fueran hacia el hombre en cuyas manos descansaba el futuro del rancho, y también de su bienestar.

Alec miró a su esposa. Se dio cuenta al instante de la ansiedad que tenía, resultaba obvia en cada una de las delicadas facciones de su rostro. Y no hacía falta ser adivino para saber la causa. La risa se le congeló al darse cuenta de la profundidad de su aprensión. Tenía miedo. De él. Aquello tendría que haberle puesto contento. Era el primer paso para conseguir que se fuera. Entonces, ¿por qué le desagradaba tanto su miedo? Sus miradas se cruzaron. El azul de los ojos de Shea le dejó hipnotizado. Entonces ella pareció recobrar la compostura y volver a levantar las defensas. Estiró los hombros y alzó la barbilla. El miedo y la vulnerabilidad que había atisbado instantes antes fue ahora remplazada por una mirada de orgullo y determinación obstinada. Alec supo entonces que, aunque había admirado con frecuencia la belleza de las mujeres, nunca había valorado su carácter o su fuerza interior.

–Esa ha sido buena –le escuchó decir a alguien–. Ahora, si no os importa mirar hacia aquí, ¡a ver si vemos una sonrisa!

Al ver el flash de la cámara, Alec supo que tenía un problema. Tragó saliva. Aunque admitía sentirse atraído por ella, había ignorado las chispas que saltaban entre ellos cada vez que sus miradas se cruzaban. Se dijo a sí mismo que miraba a todas las mujeres igual que a Shea Hardin. Se había mentido. Nunca había estado enamorado de ninguna. Lo que sintió por Sondra al principio no se acercaba siquiera a aquello. Y el suave sonrojo del rostro de Shea cuando le pilló mirándola le hizo saber que la atracción no era solo cosa suya. Estaba claro que había algo entre ellos. Como un campo de fuerza de energía pura que los rodeaba. El aire crujía cada vez que se acercaban el uno al otro. Lo que Alec no sabía era en qué punto le situaba aquello. Sabía que una aventura solo serviría para complicar las cosas, pero la tentación de arrojar la cautela por la ventana era demasiado abrumadora.

Cuando Shea cerró la puerta de entrada tras el último de los invitados se dio cuenta de que durante unos minutos se había olvidado de Alec. Estiró la mano para agarrar una copa de vino que había en una mesa cercana y dio unos cuantos pasos hacia la cocina antes de darse cuenta de que él estaba allí. Estaba apoyado en el poste de la barandilla a los pies de la escalera con los brazos cruzados en gesto natural. Se había quitado la corbata y se había desabrochado la camisa blanca a la altura del cuello. Tenía las mangas subidas a la mitad del brazo, y Shea de fijó en el reloj de oro que brillaba en su bronceada muñeca. También el brillo más débil del anillo de boda.

Shea palideció y agarró con más fuerza el pie de la copa. Algo parecido al pánico se instaló en su cuerpo. Alzó la barbilla en un esfuerzo por parecer despreocupada mientras cruzaba la estancia y entraba en la cocina.

Alec la siguió, se colocó detrás de ella y le quitó la copa que estaba sosteniendo con tanta fuerza, dejándola en la encimera del fregadero. El sonido del teléfono fue una intrusión bienvenida. Shea cruzó la estancia y contestó al segundo toque.

—He oído que me estabas buscando —dijo una voz masculina.

—¿David? —no, no, no. Esto no podía estar pasando. Ahora no.

—¿Quién si no? —su voz sonaba tan jovial como ella lo recordaba—. ¿Cómo diablos estás, Shea?

—Es-estoy bien. Me alegro mucho de oír tu voz.

—Lo mismo digo, doctora.

El mote que siempre usaba cuando Shea estudiaba veterinaria hizo que el corazón le diera un vuelco.

—Recibí una llamada de Marcy Allen. Me dijo que has estado buscándome. ¿Qué puedo hacer por ti?

«Casarte conmigo», quiso gritar Shea. ¿Por qué no había llamado el día anterior? O incluso aquella misma mañana.

—Ah, bueno… la verdad es que nada. Quiero decir, el problema ya se ha resuelto.

—¿Estás segura?

Shea miró hacia Alec. ¿Era una mueca de burla lo que tenía en la cara?

–Sí, estoy segura.

Al menos en lo que a David se refería. Era más de medianoche y aquel extraño matrimonio con Alec Morreston iba a toda máquina. Su problema no había hecho más que empezar. Se despidieron con la promesa de mantener el contacto. Y entonces, la energía había mantenido la tensión a raya pareció evaporarse de la estancia.

–¿Un antiguo novio? –preguntó Alec en voz baja.

Shea asintió.

–Vaya, qué lástima. Un día tarde.

Shea cruzó la cocina y volvió al fregadero sin saber qué hacer a continuación. Alec la siguió y le deslizó lentamente los brazos por la cintura. Le frotó la cara contra el pelo, el calor de su cuerpo le irradiaba la espalda.

–Me han caído bien tus amigos –le murmuró cerca de la oreja.

Con aquella proximidad, su voz grave le provocaba escalofríos en la piel. Shea se agarró al borde de la encimera para apoyarse. Trató de permanecer tranquila.

–Son buenas personas.

–Ha sido muy amable por su parte haber venido con tan poco tiempo de aviso.

–Sí. Leona se encargó de llamarlos.

Alec se apartó y Shea escuchó el sonido del hielo. Miró hacia atrás y vio cómo él sacaba una botella medio llena del recipiente de plata. Sostenía dos copas de cristal con una mano mientras servía el champán con la otra.

–¿Por qué brindamos? –le preguntó pasándole

42

una de las copas a ella–. ¿Por un largo y satisfacto-
rio matrimonio?

Shea le miró con frialdad.

–¿Qué te parece por la integridad?

Alec apretó los labios como si estuviera conteniendo una sonrisa. Luego inclinó la cabeza y en-
trechocó la copa con la suya. Shea apuró la copa
hasta el final, necesitaba desesperadamente el
efecto calmante del champán. No solía beber alco-
hol, y menos champán, así que no estaba preparada para la sensación. Los ojos se le llenaron de lágrimas y no pudo evitar toser. Pero pensar en la
noche que tenía por delante la llevó a tenderle
la copa vacía a Alec. Ignoró la sonrisa que asomó a
sus labios mientras se la rellenaba.

–Ha sido un día muy largo –dijo él cuando
Shea dejó la copa vacía en la mesa–. Sugiero que
me muestres nuestra habitación.

Alec ignoró cualquier atisbo de pánico que debía ser visible en su rostro, y sin esperar respuesta,
le tendió la mano para salir con ella de la cocina y
dirigirse a las escaleras, apagando las luces a su
paso. Al llegar a lo alto de las escaleras, Alec se detuvo indicándole en silencio que ella debía ir delante. Shea avanzó por el pasillo con la cabeza alta.
Una vez en la puerta de su habitación, se detuvo.
Se sentía mareada y podía escuchar el fuerte latido
de su corazón. Alec la rodeó, agarró el picaporte y
abrió la puerta sin esfuerzo. Shea vaciló. Pudo sentir el calor de su cuerpo contra la espalda segundos antes de que la besara en el lóbulo. Una sensación salvaje la recorrió. Se dio la vuelta para

mirarle y puso las manos contra la musculosa pared de su pecho.

–¿Qué ocurre? –preguntó Alec ladeando la cabeza con fingida inocencia–. ¿Son los nervios de la noche de bodas?

–No –Shea sacudió la cabeza–. Es que… bueno, no nos conocemos. Quiero decir…

Shea se apartó de él y se situó dentro del dormitorio.

–Creo que conozco un modo de poner remedio a ese problema –Alec empezó a desabrocharse la camisa. Con la otra mano apagó la luz del dormitorio, que quedó iluminado por la suave luz de la luna que se filtraba por la ventana.

Alec la observó en la penumbra y clavó la vista en sus labios. Shea reculó lentamente, pero Alec avanzó hacia ella. Cuando se desabrochó el último botón la camisa se abrió para revelar un musculoso pecho.

–Me has sorprendido, señora Morreston. Esperaba verte bajar las escaleras con botas y vaqueros. Pero entraste con este vestido. Si lo has hecho por mí, para asegurarte de que supiera lo bella y deseable que es la mujer con la que iba a casarme, te puedo asegurar que funcionó.

–Era… era de mi madre.

–Es muy bonito. Muy elegante –Alec siguió avanzando hacia ella–. Pero ahora ha llegado el momento de quitárselo.

–Yo… yo creo que necesitamos tiempo para…

–No te preocupes, cariño –la atajó él–. Tenemos toda la noche.

–¡No!

Alec no se molestó en disimular su sonrisa.

–¿Estás diciendo que quieres que nuestro matrimonio sea anulado y rendirte tan pronto? Creía que estabas decidida a mantener este lugar a toda costa.

–Y yo creía que tú, como caballero, me darías una oportunidad para conocerte mejor antes de...

–¿Quién ha dicho que yo sea un caballero? –preguntó Alec con una sonrisa perversa–. Yo he cumplido con mi parte del trato, señora Morreston. Ahora te toca a ti.

–¡Deja de llamarme así! –le espetó ella con los dientes apretados.

–Pero es lo que eres, señora Morreston –Alec extendió la mano y le tocó los botones de perla del cuello del vestido–. Fue decisión tuya, ¿recuerdas?

–Solo para evitar que te llevaras mi rancho.

Alec le tomó una mano y empezó a desabrocharle y apartarle el encaje que le llegaba de la muñeca al codo. Luego, sin decir nada, fue al otro brazo. Una vez terminó, se dio la vuelta y empezó a desabrocharle la parte de atrás del vestido de seda y encaje. Le deslizó las manos lentamente, soltando botón tras botón. Shea vio su reflejo en el espejo de la puerta del armario. La luz de la luna acentuaba los mechones dorados de su cabello y suavizaba sus asustadas facciones. La alta y oscura silueta de Alec se cernía detrás de ella. Estar prácticamente desnuda delante de un hombre desconocido no era una experiencia que esperaba vivir. El vestido le proporcionaba una frágil armadura.

En cuestión de minutos, las braguitas de encaje y las medias blancas serían lo único que le quedaría.

Sus ojos se encontraron en el espejo durante unos segundos antes de que Alec inclinara la cabeza y colocara los labios en una zona sensible de su oreja. El corazón le dio un vuelco cuando Alec emitió un gruñido que le provocó a ella una corriente eléctrica por la espina dorsal. Se dio la vuelta en un esfuerzo por romper el contacto. En lugar de volver a por ella, Alec se quitó la camisa, la tiró a un lado y empezó a desabrocharse el cinturón. Los músculos de sus hombros y de los brazos brillaban bajo la luz de la luna, los pectorales parecían todavía más grandes que con ropa.

Shea dio otro paso atrás y dio con las piernas contra la cama. El pulso se le aceleró. Los ojos de Shea escudriñaron frenéticamente la habitación con la esperanza de escapar de aquella situación. Antes de que pudiera expresar en voz alta alguna objeción más o encontrar alguna razón para posponer lo inevitable, Alec le sostuvo el rostro entre las manos y la obligó a mirarle a los ojos mientras daba el último paso y acortaba la distancia que los separaba. Shea apretó los puños, decidida a resistir aquel poderío masculino. Bajo la pálida luz, vio cómo los ojos de Alec se clavaban en sus labios unos segundos antes de que su boca cayera sobre la suya.

Las manos de Alec se apartaron de su rostro y le rodearon el cuerpo como una banda de acero. Su fuerza y su tamaño, unidas a la pasión del abrazo, hicieron tambalear sus sentidos y la dejaron sin aire en los pulmones. Sentía que no hacía pie. Una sensación parecida a la angustia le envolvió la mente.

Shea apartó la boca de la suya con un pequeño grito. Alec permitió que se retirara pero la mantuvo cerca con las manos sobre los hombros.

–No puedo… no puedo hacer esto –le apretó los dedos con los suyos–. Sé que dijiste… sé que yo accedí a… pero por favor, no…

–Shh –Alec frunció el ceño. Debió haber visto la expresión de terror de su rostro–. No pasa nada, Shea. No voy a hacerte daño –murmuró mientras le acariciaba el rostro con los pulgares–. Tú bésame. Es lo único que tienes que hacer.

Shea apenas tuvo tiempo de acceder antes de que la boca de Alec reclamara otra vez la suya. Esta vez se movió despacio, sensualmente, con una gentileza que al instante comenzó a derribar los muros de su resistencia. La lengua de Alec le lamió los labios, humedeciéndolos como si quisiera prepararla para una unión más intensa. Luego la deslizó profundamente en la caverna de su boca, provocando que el corazón le diera un vuelco. Aquel era un beso íntimo, programado para provocar una respuesta pareja en ella. Alec sabía a champán y a hombre. Él le deslizó las manos por la espalda, masajeándole la columna vertebral hasta que no quedó nada de su torbellino interior. Un calor sensual comenzó a extenderse por su cuerpo, intensificando el calor entre sus piernas mientras un hilo de confusión se iba entretejiendo en su mente.

¿Qué estaba haciendo? Pero la pregunta fue demasiado fugaz y no obtuvo respuesta. Lenta pero firmemente, el miedo empezó a cambiar de forma, convirtiéndose en un deseo básico que se negaba a ser ignorado. Una parte de su mente insistía en que aquello no estaba bien. Su cuerpo gritaba que sí. Alec le bajó la tela del vestido por los hombros. Cayó al suelo en silencio. Durante unos instantes, Shea se olvidó de la realidad de la situación, del odio que le tenía a aquel hombre. Sus brazos actuaron por su cuenta y se deslizaron por el musculoso pecho de Alec, dejando que los dedos juguetearan por la sedosa textura de su vello.

Él bajó las manos hasta que llegó a la redondez de sus caderas. Entonces la apretó firmemente contra sí. El duro y masculino bulto de su erección presionó la sensible unión de sus piernas y un escalofrío de deseo sexual la atravesó. Su cuerpo se echó hacia delante de manera incontrolable, provocando que Alec gruñera, empezó besarle y mordisquearle alternativamente el delicado contorno del cuello. Shea cerró los ojos y echó la cabeza hacia atrás para facilitarle el acceso. Alec movió las manos hacia sus senos, sintiendo su firmeza y haciendo que se hincharan bajo su contacto. Luego volvió a llevar la boca a su boca, provocando que Shea gimiera, la respuesta automática que marcaba el final de su lucha contra lo inevitable.

Capítulo Cuatro

La experiencia le dijo a Alec que aquel sonido significaba la aceptación por parte de Shea de lo que iba a suceder. En aquel momento supo que era suya, completa y absolutamente. Alzó la cabeza y observó su rostro, radiante bajo la luz de la luna. Tenía los ojos cerrados y los labios entreabiertos como si esperara el regreso de su boca. Una oleada de calor le recorrió el cuerpo y se centró en su entrepierna. Un pequeño temblor le recordó que estaba a punto de cruzar la línea. Aquel no era el plan. Seducirla no le serviría de nada excepto para añadir más problemas a los que ya se tenía. Apretó los dientes, cerró los ojos y trató de contenerse. Pero aunque no pudiera verla, su aroma le bombardeaba, le tentaba más allá de su control. Sabía que el cuerpo de Shea ansiaba la plenitud, y su deseo solo servía para acercarle más al momento de posesión final, un momento que no debería llegar a suceder.

Alec ardía de deseo. Su cuerpo le gritaba que la tomara. De pronto sintió que aquello era demasiado. Al diablo la tierra. Al diablo el contrato. Al diablo con la situación. Soltó un gruñido de derrota, la tomó en brazos y la colocó suavemente sobre la cama buscándole la boca con la suya. Entonces, de un modo casi imperceptible primero, el persistente sonido de un tamborileo rompió el momento. Alec frunció el ceño, alzó la cabeza y separó a regañadientes los labios de los suyos. Parecía como si estuvieran llamando a la puerta.

–¿Esperas a alguien? –preguntó mirándola con expresión interrogante.

Ella le miró sin decir nada. Alec suspiró y se levantó de la cama. Aspiró con fuerza el aire, salió al pasillo y bajó las escaleras mientras seguían llamando. Sintió una repentina oleada de furia al llegar a la puerta de la cocina. Hank Minton, el capataz del rancho, estaba en el umbral. Tenía en sombrero en la mano y una expresión preocupada.

–Siento molestarle con esto –dijo el vaquero mirándose las botas–. Sé que es su noche de bodas y todo eso, pero tenemos un caballo enfermo y creo que Shea tiene que verlo.

–Entiendo –respondió Alec.

No le cabía la menor duda de que Shea había solicitado la ayuda de Hank para que interrumpiera en el momento justo. Alec no sabía si echar al hombre de allí o darle un abrazo por hacer lo que él no había tenido al parecer fuerzas para hacer. Hank acababa de darle la excusa perfecta para parar, que era lo que debía haber hecho en un principio. Se sintió molesto por su debilidad y por dejar que el deseo pudiera más que el sentido común.

–Pasa. Iré a buscarla.

***

Shea estaba sentada al borde de la cama en la habitación en penumbra. Aspiró con fuerza el aire para calmar el pulso y tratar de despejarse la cabeza. Le temblaba la mano cuando se la pasó por el pelo. Había estado cerca. Demasiado cerca. El contacto de Alec le dejó la parte inferior del cuerpo desbordada y deseando algo más. No le había hecho el amor. Debería estar encantada. Entonces, ¿por qué se sentía decepcionada?

Se puso de pie y se acercó al armario sin molestarse en encender la luz. Tenía las piernas extrañamente débiles. Se puso rápido unos vaqueros y una camiseta y bajó por las escaleras. No pudo evitar torcer el gesto al caer en el impacto de la situación. Había estado a punto de tener relaciones sexuales con Alec Morreston. Y de forma voluntaria. Alec estaba allí para arrebatarle el rancho, su hogar, todo lo que era importante para ella. Más le valía no olvidarlo. Debía ser fuerte.

Alec se apartó de la puerta cuando ella entró en la cocina. No parecía sorprendido de verla allí.

–Parece que te necesitan en la cuadra –su tono dejaba claro que le parecía sospechoso.

–Es Crusty, Shea –dijo Hank–. No se puede levantar. Jason y yo hemos estado con él casi una hora, pero no podemos mantenerlo en pie.

El viejo vaquero iba recorriendo el ala del sombrero con gesto nervios mientras se miraba las botas.

51

–Lo siento mucho, de verdad.

–No pasa nada, Hank –Shea miró a Alec–. Estoy segura de que el señor Morreston lo entiende.

La mirada que le dirigió Alec dejaba claro que entendía mucho más de lo que debía.

–Dame un segundo para calzarme. ¿Está en la cuadra principal?

–Sí. Voy a volver–se puso el sombrero y se dirigió hacia la puerta–. Lo siento mucho.

Hank cerró la puerta al salir. Shea corrió escaleras arriba y entró en el dormitorio sin perder ni un minuto para ponerse los calcetines y las botas. Cuando se puso de pie para agarrar la chaqueta Alec entró en la habitación.

–¿Necesitas ayuda?

–No, pero gracias de todos modos –cuando pasó por delante de él, Alec le rozó suavemente el hombro, deteniéndola.

–Considera esto… un regalo de bodas. No queremos que los esfuerzos de Hank hayan sido en balde. Pero te aseguro que la próxima vez no habrá interrupciones.

Su insolencia fue como un jarro de agua fría. Hacía instantes había estado a punto de entregarse a aquel hombre. Ahora su único deseo era pegarle un puñetazo en la nariz con todas sus fuerzas. La combinación de frustración y humillación sacó la rabia a la superficie. Pasó por delante de él y corrió escaleras abajo. Cuando abrió la pesada puerta de la cuadra vio a Hank sujetando la pata de unos de los caballos viejos sujeta a un ronzal.

–Pensé que él vendría contigo –se explicó el capataz–. El viejo Crusty se podría caer en cualquier momento. Un tipo de ciudad no sabría ver la diferencia.

Shea sonrió y asintió mientras se acercaba al viejo caballo.

–Has estado muy convincente, Hank.

Su plan había funcionado. Entonces, ¿por qué no estaba dando saltos de alegría? Sinceramente, tenía que admitir que una parte de ella lamentaba la interrupción. Alec conocía el cuerpo de una mujer. Sabía exactamente dónde tocar, cómo besar y qué hacer para conseguir que una mujer le respondiera. Todavía podía saborearle, sentir su cuerpo duro alrededor del suyo. Sentía su aroma masculino pegado a la piel. El fuego que había encendido todavía ardía.

Alec se pasó la mano por el pelo y aspiró con fuerza el aire. Había estado muy cerca. Tres minutos, quizá menos, y sus cuerpos se habrían unido en el acto más íntimo que podía tener lugar entre dos personas. No tenía muy claro cómo había permitido que la situación fuera tan lejos, ni tampoco tenía claro cómo lo evitaría en el futuro. El plan era asustarla con una intimidación sexual de modo que saliera huyendo como un conejo asustado. Pero en lugar de marcharse, Shea le había mirado con aquellos increíbles ojos azules y le había suplicado que no le hiciera daño, que le diera tiempo. Y en aquel instante, con sus seductores labios a escasos centímetros, tomó la decisión. Y aquella decisión lo cambió todo. Alec no recordaba haber perdido nunca le control por una mujer sexy. Pero esta vez su fuerza de voluntad había saltado por la ventana y había estado a punto de sacrificarlo todo por una joven rural con grandes ojos azules y un plan demoniaco.

El sol empezaba a asomar por encima de las distantes colinas cuando Shea regresó a la casa. Los románticos del mundo podían hablar maravillas de dormir en un suave lecho de heno, pero lo cierto era que pinchaba y estaba duro. No había pasado una buena noche. Pero las pocas horas de sueño inquieto le habían bastado para recobrar la cordura. A la luz del día era consciente de que el resultado de la noche anterior podría haber sido mucho peor. Podría haber hecho el amor con Alec. Ahora mismo podría estar tumbada en aquella cama con sus poderosos brazos rodeándola, sintiéndose…

¡Basta! Shea maldijo entre dientes y abrió la puerta de atrás del rancho. Para su sorpresa, cuando entró en la cocina vio que Alec ya estaba vestido y descansado.

—Parece que has pasado una buena noche —dijo él con ironía acercándose para quitarle una paja del pelo. Luego le señaló la cafetera con café recién hecho.

Shea ignoró las bromas, abrió el armarito y sacó una taza. Si Alec esperaba que hiciera algún comentario sobre lo ocurrido la noche anterior, podía aguantar la respiración hasta volverse azul. No pudo evitar fijarse en el modo en que la camisa le marcaba los músculos de los brazos cuando se llevaba la taza a la boca. Shea apartó de sí rápidamente la sensación de inquietud que había empezado a formársele en las venas.

–Necesito volver a casa unos días –dijo Alec mientras ella se servía el café–. Entiendo que esto podrá verse como que abandono a mi mujer en nuestra luna de miel, pero me temo que no puedo evitarlo. En cuanto al contrato, no recuerdo ninguna cláusula que indique que no pueda salir de los confines del terreno, solo que me asegure de protegerte de cualquier peligro. Si crees que podrás estar a salvo durante unos días… Necesito ropa. Y arreglar algunos asuntos. ¿Crees que es necesario meter a nuestros abogados en esto?

Shea sintió la tentación de negarle a Alec el tiempo que necesitaba.

–No, pero yo no me molestaría en traer demasiada ropa. No vas a estar aquí mucho tiempo –al menos aquel viaje le daría a ella tiempo para pensar en un plan mejor para conseguir que se fuera. Con un poco de suerte no volvería.

Alec la miró con recelo.

–¿Quieres venir conmigo?

–No, gracias –respondió ella al instante–. Tengo cosas que hacer aquí.

–Seguro –murmuró Alec–. ¿Cómo está el caballo?

–¿El caballo? –Shea frunció el ceño. Tardó unos segundos en recordar al caballo enfermo–. Ah, bien. Mejor–. Bajó la vista a la taza, lejos del escrutinio de aquellos ojos ámbar, consciente de que era incapaz de decir una mentira convincente–. Confío en que se recupere del todo.

–Ah, estoy seguro de ello –Alec se acercó a la encimera y rodeo a Shea para dejar la taza en el fregadero–. Llama a una tienda de muebles y que traigan una cama más grande. Compra un dormitorio entero si quieres.

Shea puso cara de sorpresa.

–En ese dormitorio no cabe una cama más grande.

–Pues ponla en otra habitación –Alec ladeó la cabeza–. Hay otra habitación más grande, ¿verdad?

De hecho había tres dormitorios más arriba. Pero Shea no deseaba trasladarse al principal. Sin saber qué decir, se limitó a asentir con la cabeza.

–¿Cuánto tiempo vas a estar fuera? –le preguntó.

–Unos días. Seguramente una semana. ¿Por qué? ¿Me vas a echar de menos?

Shea gruñó por toda respuesta mientras le daba un sorbo a su taza de café.

–Me tomaré eso como un sí –Alec le colocó un mechón de pelo detrás de la oreja antes de inclinar la cabeza hacia ella y buscarle los labios.

Fue el instinto lo que la llevó a abrirse a él. Alec la besó breve pero concienzudamente. Luego alzó la cabeza y rompió el contacto pero se quedó cerca.

–Vas a perder –murmuró–. Pero el desafío se vuelve cada vez más interesante.

El jet privado atravesó las blancas nubes de la ruta de regreso de Nueva York a Dallas. Tras una semana de reflexión, Alec no había trazado todavía un plan concreto que le asegurara el mantenimiento del control de aquella extraña situación. Hasta el momento, lo único que funcionaba era evitar completamente a Shea. Miró a su hijo de cuatro años, dormido en la camita preparada al otro lado del pasillo. Aquella mañana, cuando se preparaba para ir al aeropuerto, abrazó a su hijo para despedirse de él y de pronto decidió llevarlo con él al rancho.

Fue una decisión tomada sin pensar, pero ahora, tres horas más tarde, le seguía parecido lo correcto. Pasaba mucho tiempo lejos de su hijo por cuestiones de trabajo. Aquella extraña situación podría darle algo de tiempo para estar con su hijo. Lo único negativo era la posibilidad de que Scott y Shea se encariñaran, y eso sería duro para el niño cuando tuvieran que irse. Aquella era la razón por la que no le había mencionado la boda. Decirle a Scotty que tenía una madre para quitársela un par de semanas después no estaría bien. Alec esbozó una media sonrisa al pensar en Shea y en los días que tenían por delante. Que él supiera, Shea no tenía hijos y seguramente ninguna experiencia con niños de cuatro años. Aquel inesperado giro iba a resultar muy interesante.

Se levantó del asiento y entró en la zona del

avión montada como oficina. Todavía faltaba una hora para llegar al aeropuerto de Dallas, y podría utilizarla para trabajar un poco. Tenía la sensación de que aquel tiempo lejos del rancho le había dado a Shea tiempo de sobra para idear algún plan para intentar que él se rindiera y se fuera.

–Con esto bastará –dijo Shea quitándose los guantes quirúrgicos y dándole una palmada a la yegua–. Llévala a la cuadra y vigílala.

–Claro, jefa –Hank recogió el sombrero y se golpeó con él la pierna para quitarle un poco de polvo antes de volver a ponérselo en la cabeza.

La yegua tenía uno de los mejores pedigrís de la región. Era el impulso que necesitaba el rancho. A pesar de que tres vaqueros la habían sujetado, la yegua arrojó a Shea contra un lateral de la cuadra cuando intentaba inyectarle un tranquilizante. El hombro se había llevado la peor parte, proporcionándole un doloroso recuerdo que sin duda la acompañaría unos cuantos días. Cuando el tranquilizante empezó a hacer efecto, no tardó nada en darle un punto al corte de la yegua y ponerle la inyección del tétano.

Shea se agachó para recoger el algodón y las jeringuillas sin mirar cómo los tres vaqueros se llevaban a la ahora dócil yegua. Cuando volvió a alzar la vista se le cortó la respiración al ver el rostro de Alec. Había pasado de ser el personaje de un sueño lejano y medio olvidado a materializarse de pronto delante de ella.

Cuando Shea se acercó a la puerta que daba al potrero, Alec la abrió y la cerró detrás de ella.

–¿Puedes decirme qué diablos estabas haciendo? –le preguntó él con expresión de furia.

–¿A qué te refieres? –Shea frunció el ceño. No tenía ni idea de qué estaba hablando.

–A ti. A ese caballo. Casi te mata.

Ella puso los ojos en blanco y pasó por delante de él, pero entonces la voz de un niño interrumpió la tensión y la detuvo en sus pasos.

–¡Eso ha sido guay!

Shea giró la cabeza, sorprendida. Se centró en el niño pequeño que se agarraba peligrosamente a la verja del potrero. El chico saltó y corrió hacia ella.

–¿Estás bien? –su carita reflejaba auténtica preocupación–. ¿El caballo te ha hecho daño en el brazo?

–No… estoy bien –Shea miró a Alec con gesto interrogante.

–Este es Scotty. Mi hijo. Scotty, esta es Shea.

Shea parpadeó varias veces. ¿Alec tenía un hijo? Se inclinó a la altura del niño.

–Hola, Scotty –forzó una sonrisa y le tendió la mano.

El niño se la estrechó y sonrió de oreja a oreja antes de tener un ataque de timidez y correr a agarrarse a la pierna de su padre.

–No me habías dicho que tuvieras un hijo.

Alec se encogió de hombros.

–Ahora ya lo sabes. Quería venir y ver los caballos y los vaqueros.

–¿Estás lista para el siguiente, Shea? –preguntó Hank desde la puerta lateral.

–Tómate un descanso, Hank –le pidió ella–. Tenemos que hablar –le lanzó a Alec una mirada asesina y se dirigió hacia la casa maldiciendo entre dientes.

Shea entró en la cocina y arrojó la gasa sucia al fregadero antes de lavarse las manos. Para darse tiempo para calmarse, sacó una jarra de té de la nevera y puso tres vasos en la encimera. Añadió hielo a dos de ellos antes de llenarlos de té y puso leche fresca en el tercero.

–Sentaos –le dijo a Alec.

Tenía la vista clavada en el niño. Calculó que debía tener cuatro o cinco años. Era una miniatura de su padre, aunque tenía el pelo algo más claro.

–Si miras en el tarro grande que hay en el armarito creo que encontrarás galletas.

Scotty no perdió el tiempo y acercó una silla a la encimera para subirse.

–¿Puedo coger dos?

Le dirigió una sonrisa que habría derretido al corazón más duro. Seguro que la había aprendido de su padre.

–Claro –respondió Shea tratando de sonreír a su vez–. Hay papel de cocina al lado del fregadero. Agarra uno y las galletas y ven conmigo. Puedes ver dibujos mientras hablo con tu padre.

–Me gustan los dibujos.

Shea lo dejó en la habitación de al lado, volvió a la cocina y se unió a Alec en la mesa. Había cambiado su habitual traje por vaqueros ajustados y una camisa informal. Shea dejó los vasos de té sobre la mesa y se dejó caer en la silla enfrente de Alec. No sabía por dónde empezar.

—Esto es un rancho de trabajo. Lo que has visto hoy sucede constantemente. A eso nos dedicamos. Esto no es un club de ponis. Un niño podría resultar herido, sobre todo si es un niño que no está acostumbrado al ganado. No puedo detener las operaciones de este rancho para hacer de niñera de ninguno de vosotros dos.

Alec se limitó a mirarla, deslizó los ojos desde su boca a sus senos y otra vez a los ojos. Resultaba enervante.

—Cada año encontramos al menos dos serpientes venenosas cerca de la cuadra o alrededor de la casa —continuó—. Si vas a las zonas boscosas encontrarás osos o pumas. No es lugar para un niño.

—Lo siento, tal vez te haya entendido mal. ¿Tú no creciste aquí?

Shea no pudo hacer otra cosa que mirarle. ¿Qué podía decir a aquello?

—No asumiré la responsabilidad si un niño inocente resulta herido.

Alec se encogió de hombros.

—Hablaré con Scott. Dime cuáles son los límites y me encargaré de que permanezca dentro de ellos.

—Entonces dile que se quede dentro de casa.

—No seas ridícula. Tengo un hijo al que adoro. No tengo intención de dejarle en Nueva York o metido en casa el tiempo que tú tardes en hacer las maletas.

La molestia de Shea pasó a pura furia debido a

su insolencia. La silla de madera hizo un sonido chirriante cuando se puso de pie. Apoyó las manos en la mesa y se inclinó hacia Alec.

–No puedo creer que hayas caído tan bajo como para meter a un niño inocente en este embrollo.

Alec la miró a los ojos y se levantó lentamente antes de apoyar las manos sobre la mesa.

–Yo no he provocado esto. No fui yo quien se negó a devolverme la tierra que me pertenece.

–Ah, claro –siseó Shea con vehemencia–. Intenta convencerme de que eres una víctima inocente. ¿Tienes por costumbre echar a la gente de su casa? ¿Te divierte verles sufrir?

–Te ofrecí una importante suma si te ibas. Eso no es precisamente dejarte en la calle.

–Dinero. Lo único que te importa es el dinero. Me das lástima, Alec. Lo siento por tu hijo, que tiene que llevar la vida que tú consideras apropiada cuando ni siquiera sabes lo que es la familia o la tradición.

–Deja a Scotty fuera de esto.

–¡No soy yo la que le he traído!

Shea miró por el rabillo del ojo y vio que tenían público. Se giró hacia Scotty con una sonrisa empastada.

–Las galletas estaban buenas –dijo mirando a Shea y luego a su padre.

–Me alegro. ¿Se han acabado los dibujos?

–¿Papá y tú vais a estar peleando todo el rato? –inclinó la cabeza como hacía su padre.

La culpa le disolvió rápidamente la ira a Shea

cuando se dio cuenta de que el niño había escuchado la discusión.

–No-no sé, cariño –decidió ser sincera–. Tu padre y yo… bueno, tenemos que trabajar ciertos temas. Hay cosas que al parecer él no entiende.

–Freddy Correnski me dijo que sus padres se peleaban todo el rato. Entonces Freddy y su madre se mudaron a otra casa. ¿Papá y yo vamos a vivir en tu casa contigo?

–Eh… bueno, sí. Supongo –respondió Shea tratando de parecer alegre–. Durante un tiempo –recalcó mirando a Alec.

–Mola –el niño se colocó delante de Shea–. A veces papa se pone triste y yo le pregunto por qué y me dice que no está triste, pero yo sé que lo está –aspiró con fuerza el aire y miró a Shea–. ¿Harás que papa no esté triste?

Shea no supo qué responder. Al parecer Alec no tenía problemas al respecto.

–Hará todo lo que pueda, Scott –dijo con una sonrisa de oreja a oreja.

–Bien. ¿Puedo comer otra galleta?

Shea parecía haberse quedado sin voz, así que se limitó a asentir con la cabeza. Cuando el pequeño fue a por el tarro, le susurró a Alec:

–Puedes traer cien niños. Mil. No pienso permitir que te quedes con este rancho.

Alec le deslizó la mirada por el rostro.

–¿Por qué no nos enseñas dónde vamos a dormir? –sugirió optando por ignorar su declaración–. Ha sido un día muy largo. Tengo la sensación de que vamos a acostarnos pronto.

Capítulo Cinco

Shea se dio la vuelta y se dirigió hacia las escaleras. No se detuvo hasta que estuvo dentro de uno de los dormitorios de la segunda planta que daba a la cuadra y al potrero. Se acercó a la ventana y abrió las persianas para que entrara la luz.

–Creo que Scotty estará cómodo aquí. Si te hubieras molestado en llamar para decirme que venía le habría tenido la habitación preparada. Yolanda, la mujer de uno de los vaqueros del rancho, viene dos veces a la semana y me ayuda con la colada y la limpieza general. Vendrá pronto para hacer la cena. Le diré que cambie las sábanas y airee la habitación.

–¿Este va a ser mi cuarto? –preguntó Scotty encantado, ajeno a la tensión que había entre los adultos–. ¡Mola! –corrió a la cama y saltó feliz sobre el colchón antes de ir a toda prisa a la ventana–. ¡Vaya! ¡Papá, mira esto! ¿Es ahí donde guardas los caballos? ¿Puedo montar uno?

El pequeño la miró con los ojos muy abiertos y cargados de esperanza. Shea le revolvió el pelo.

–Tendrás que preguntarle a tu padre.

–Va a decir que sí. ¿Verdad, papa? Me gusta esto –dijo el niño sin esperar respuesta.

–Le pediré a Jason que os ayude con las maletas –se ofreció Shea–. Si queréis cambiar algo, mover la cama o lo que sea, decídselo.

–Así está bien.

–Eh, papa, ¿dónde está tu cama?

Shea había empezado a salir de la habitación. Pero la pregunta la llevó a detenerse sobre sus pasos. Estaba claro que Alec no le había contado a su hijo que se había casado. No podía pasar la oportunidad de ver cómo iba a salir de aquella. Se giró hacia él con las cejas alzadas y la cabeza ladeada mientras esperaba la respuesta.

Alec se quedó mirando al niño. Luego se pasó la mano por la boca, suspiró y se puso en jarras.

–Lo cierto es que… voy a dormir en otra habitación. Con Shea.

–¿Y eso?

Alec se agarró las manos y se crujió los nudillos mientras trataba de responder a aquello. Entonces alzó la cabeza, miró a Shea y luego a su hijo.

–Es que tiene miedo a la oscuridad.

–Aaah.

Shea no pudo evitar soltar una carcajada y se ganó una mirada de advertencia de Alec.

–Bueno, todavía tengo mucho trabajo que hacer esta tarde. Yolanda empezará a hacer la cena sobre las seis –volvió a mirar a Scotty–. ¿Qué te gustaría cenar?

–¡Perritos calientes! Con *ketchup*.

Shea sonrió con naturalidad y Alec tuvo que preguntarse si tendría sobre su hijo el mismo efecto que le causaba a él. Maldición, era preciosa.

–Veré qué puedo hacer.

Cuando desapareció doblando la esquina, Scotty dijo con su vocecita:

–Me cae bien, papá.

Alec asintió. Su hijo acababa de responder a su pregunta no formulada y no le sorprendía. En el fondo confiaba que al volver al rancho se disiparía la atracción inicial que había sentido por Shea. Pero no había tenido esa suerte. Miró a su alrededor. El papel pintado de la habitación estaba algo descolorido. Unas manchas apagadas en el techo indicaban que había humedad. La lámpara colgaba precariamente del techo. Un tenue aroma a naftalina y limón le acarició los sentidos. Pero a pesar de su aspecto desgastado, aquella habitación y la casa entera le traían a la memoria recuerdos de infancia.

Alec se acercó a su hijo, que estaba frente al ventanal. Shea apareció ante sus ojos, iba camino de la cuadra.

–Oye, papá, ¿crees que nosotros le caemos bien a ella?

–Claro, hijo, seguro que sí –mintió.

Shea estaba al lado de un enorme apalusa y una unidad médica portátil escribiendo un informe cuando Alec y Scotty entraron en el potrero.

–¿Qué vas a hacer? –preguntó Scotty con los ojos abiertos por la curiosidad.

–Le he puesto una inyección para curarlo –se limitó a explicar Shea. Le dio una palmadita al caballo–. De acuerdo, Jason, llévatelo. ¿Has visto alguna vez cómo le ponen las herraduras a un caballo? –preguntó girándose otra vez hacia Scotty.

El niño sacudió la cabeza.

–¿No? Ven conmigo.

Alec les siguió hacia el final de la cuadra, donde un herrero había colocado una plataforma para herrar caballos. El sonido del martillo resonó en la calma de la tarde. Alec se quedó a un lado, satisfecho de ver la interactuación entre Shea y su hijo. Parecía que se llevaban bien, un hecho que le sorprendía y al mismo tiempo le intrigaba.

–Este es Charlie –Shea señaló hacia el hombre grueso vestido con camiseta sin mangas y vaqueros. Un pañuelo rojo en la frente evitaba que le cayera el sudor a los ojos.

–¿Qué está haciendo?

–Una herradura para uno de los caballos –Shea agarró una herradura de la plataforma y se dio al niño sonriendo–. Toma. La puedes colgar en tu habitación y te dará suerte.

Scotty sujetó la herradura como si fuera de oro. Fascinado, sonrió y luego dio unos pasos en dirección a Charlie antes de detenerse y mirar a Shea y a su padre.

–Está bien, hijo –le tranquilizó Alec–. Puedes ir a hablar con Charlie. Pero no te acerques demasiado a los caballos.

El niño vaciló unos segundos y luego se acercó al herrero blandiendo orgullosamente su herradura con ambas manos. Alec estaba conmovido por la gentileza y la atención que había mostrado Shea hacia su hijo. No se lo esperaba. No había ningún plan oculto. A diferencia de otras mujeres, Shea no lo hacía para impresionarle. Parecía que el niño le caía bien.

Shea miró a Alec cuando pasó por delante de él para volver a la unidad médica.

—Gracias por dedicarle un tiempo a Scotty —se sintió obligado a decir.

Ella se encogió de hombros.

—Me gustan los niños. No hay necesidad de hacerle sentir que no es bienvenido. Tú lo has traído. Es tu hijo. Tu responsabilidad. Si algo le pasa, será culpa tuya.

Dicho aquello agarró el informe y empezó a comprobar los datos.

—Shea —le llamó Hank desde el umbral—, ¿dónde quieres que lleve a Shonie?

—Tráelo aquí —le ordenó Shea dejando el informe al lado.

—¿Puedo hacer algo para ayudar? —Alec quería tener la mente y las manos ocupadas.

La pregunta pareció pillar a Shea por sorpresa.

—¿Has tenido alguna vez caballos cerca?

—Algunos.

—Tengo que revisar todavía a otros ocho —miró hacia el pasillo—. Los establos están numerados. Tengo que ver a los que están en el ocho, el doce y el quince. Tienen los ronzales colgando de la puerta.

Alec encontró el establo correcto, le puso el ronzal a una yegua dócil y la sacó del establo. Shea le tomó las riendas.

–Es muy tranquila, puedo manejarla yo sola. Mientras la reviso puedes ir a buscar a Ransom. Número doce.

Estaba acabando con la yegua cuando Alec llegó con el impetuoso caballo. El animal relinchó alegremente y trató de frotar la cabeza contra el hombro de Alec.

–Parece que has hecho un amigo.

–Da la impresión de que te sorprende –dijo él acariciándole el cuello al animal.

–Así es. Sujétalo mientras le llevo a Essie a Charlie. Hay que cambiarle una herradura.

En el horizonte quedaban unos cuantos rayos rojos y dorados que acentuaban la oscuridad del cielo cuando Shea revisó al último caballo. Cuando dobló la esquina de la cuadra con él le sorprendió ver a Scotty subido en uno de los caballos de paseo, que estaba bien sujeto a la valla. Shea frunció el ceño y miró a Alec, que estaba al lado del niño.

–No pasa nada –le aseguró Alec como si le hubiera leído el pensamiento–. Se lo está pasando de maravilla.

Alec tenía una bota apoyada en el travesaño inferior de la valla, los vaqueros le marcaban las musculosas piernas y apoyaba con naturalidad los brazos en la parte superior de la valla. Tenía un aspecto fuerte y esbelto. Shea tragó saliva y luchó contra el absurdo deseo de acudir a sus brazos.

–Estoy agotada –aseguró–. Os veré en casa.

Alec asintió antes de que ella se diera la vuelta y se dirigiera hacia la casa.

Shea se negaba a dejar que su mente se centrara en la noche que tenían por delante y las posibilidades que podía ofrecer. Entró por la puerta de la cocina, subió las escaleras y había llegado a la segunda planta cuando vio la puerta abierta al final del pasillo. El dormitorio principal.

Se detuvo sobre sus pasos. Habían llevado los muebles nuevos y la cama estaba preparada con sábanas limpias y la puerta cerrada. Había permanecido cerrada hasta que Alec volvió y la abrió. Ahora la tentaba, la desafiaba a entrar y enfrentarse al momento de la verdad. Apretó los puños, se giró y bajó a toda prisa por las escaleras.

Alec y Scotty acababan de entrar por la puerta cuando Shea llegó a la cocina. Agarró las llaves del coche y una carpeta con la información que Leona le había pedido hacía un mes.

–Ahora vuelvo –murmuró.

La casa estaba en silencio cuando Shea entró en la cocina mucho más tarde. Cerró la puerta tras de sí, dejó las llaves del coche en la encimera y se dirigió a las escaleras.

–¿Te lo has pasado bien?

Shea se dio la vuelta al escuchar la voz de Alec.

–Me has asustado.

–Lo siento –Alec salió de entre las sombras–. Bajé a beber agua y te escuché llegar. Pensé que esta noche no volverías.

Alec no sabía lo cerca que estaba de la verdad. Llevaba puestos únicamente los vaqueros. Los músculos de los brazos y el pecho se le veían incluso en la penumbra. Podía sentir aquella aura masculina que siempre parecía rodearle.

–¿Se ha instalado bien Scotty?

–Ha tardado un poco, pero se ha dormido.

Shea asintió y subieron juntos las escaleras. Cuando ella se detuvo delante de la puerta del baño, Alec siguió por el pasillo sin decir una palabra más. Shea se quitó la ropa sucia, abrió la ducha y se metió debajo. El fino chorro de lluvia caliente le fue quitando el estrés que le recorría el cuerpo. Pero sabía que hacía falta algo más que agua caliente para relajarse. Alec tenía que irse. Resultaba imperativo encontrar la manera de que se fuera.

Cerró el agua y salió de la ducha. Le dolía un poco el brazo por el golpe que le había dado Bonnie Blue. Un cardenal grande y rojo había empezado a hacer su aparición en el antebrazo y en el hombro. Se puso una camiseta de algodón cómoda y cálida. Luego se secó el pelo, se puso crema y se cepilló los dientes. Ya no tenía nada más que hacer en el baño, así que se tragó la inquietud y abrió la puerta. Dio dos pasos por el pasillo hacia la habitación principal y de pronto se detuvo y cambió de dirección. Volvió rápidamente a su antiguo dormitorio y cerró muy despacio la puerta. Con suerte, Alec estaría dormido y no se daría cuenta de su ausencia.

Retiró el edredón y se metió en la cama. Estaba agotada. La tensión empezó poco a poco a abandonarla, se le relajaron los músculos, cerró los ojos y dejó que el sueño se apoderara de ella. Estaba flotando. Y sin embargo pudo sentir un soporte firme y cálido. Parpadeó y abrió los ojos. La estaban llevando en brazos. De pronto se despertó y supo al instante quién la estaba llevando en brazos y dónde. Unos segundos más tarde, Alec la dejó sobre la nueva cama y se inclinó sobre ella.

–Te dije desde el principio que dormirías en mi cama –aseguró Alec con tono molesto–. A menos que quieras hacer las maletas ahora mismo, más te vale aprender a lidiar con ello.

Se acercó en silencio a la cama. Shea se apartó lo más posible al borde del colchón, mirándole con angustia. Él frunció el ceño y se puso en jarras.

–¿Dónde está tu anillo?

La pregunta la pilló por sorpresa.

–¿Qué anillo?

–Tu anillo de boda. ¿Te acuerdas de esa ceremonia en la que prometiste amarme y honrarme?

–Está ahí –dijo ella señalando hacia la cómoda e ignorando la broma–. En esa cajita. No quería llevarlo para trabajar en las cuadras.

Alec se acercó a la cómoda y lo sacó de la caja antes de volver a la cama.

–Dame la mano.

Shea extendió la mano con gesto de aprensión y él le deslizó la alianza de oro en el dedo.

–Llévalo puesto.

Sin decir una palabra más, empezó a bajarse la cremallera de los vaqueros. Shea se apartó todo lo que pudo.

–Te he echado de menos, señora Morreston –Alec le pasó el brazo por la cintura y se acomodó a su lado–. He echado de menos besarte.

–Déjame en paz –Shea trató de zafarse, pero sus esfuerzos fueron inútiles.

Alec le apoyó suavemente la mano en el hombro para ponerla bocarriba. Shea no pudo evitar soltar un grito de dolor cuando le tocó la zona dolorida.

Alec la soltó al instante. Hubo un pequeño movimiento y luego la luz atravesó la oscuridad.

–Déjame que te vea el hombro. Quítate la camiseta.

–No es nada –Shea se incorporó–. Solo es un cardenal.

–O te la quitas tú o te la quito yo –le ordenó él con expresión seria.

–No hay nada en el contrato que te dé derecho a eso.

–¿Por qué contigo tiene que ser todo una guerra?

Shea cerró la boca y se lo quedó mirando fijamente. Era el hombre más exigente que había conocido.

–Quiero verte el hombro –aseguró–. Si no quieres enseñármelo vístete y te llevaré a urgencias. Pero no voy a ignorar el hecho de que estás herida.

Shea se rindió, se apartó de él y se sacó el brazo herido de la manga negándose a mirarle a los ojos. Alec se lo inspeccionó y soltó una palabrota.

–Has estado a punto de romperte el maldito

73

brazo. Podrías tener una fractura. Creo que hay que hacerte una radiografía. ¿Por qué diablos no dijiste nada?

–No… no es grave –Shea se encogió de hombros–. No es más doloroso que verme obligada a vivir contigo.

Le escuchó suspirar.

–¿De qué tienes miedo, Shea? Sé que mi contacto no te repugna. Y has hecho el amor antes, ¿verdad?

Ella se dio la vuelta en la cama para mirarle mientras volvía a meter el hombro en la manga.

–Sí. Con alguien que conocía y que me importaba –dijo antes de apartar la mirada–. A ti no te conozco. Y desde luego, no me importas.

Alec le tomó la barbilla con los dedos para obligarla a mirarle.

–No tengo intención de permanecer célibe durante nuestro matrimonio. Será más fácil si intentas aceptarlo. Aceptarme a mí. Cuanto antes te acostumbres a la idea, mejor. O siempre tienes la opción de irte y poner fin a esta locura.

Shea tragó saliva.

–No voy a irme a ninguna parte. ¿Por qué no vas a visitar a alguna de tus amigas? Seguro que hay alguna ahí fuera que te gusta.

–¿Por qué iba a hacer algo así cuando tengo una mujer preciosa y deseable en mi cama? –Alec encendió la lamparilla de la mesita–. ¿Cuánto tiempo hace que un hombre no te estrecha entre sus brazos, te acaricia, te vuelve loca de deseo… y luego te proporciona alivio?

Su voz grave y profunda le provocó escalofríos.

—¡Eso no es asunto tuyo! —le espetó.

—Al contrario, creo que al ser tu marido es asunto mío.

—Piensa lo que quieras —Shea no estaba dispuesta a hablar de su vida sexual… o de la ausencia de ella. Se negaba a darle más munición.

—¿Por qué me tienes miedo?

—No te lo tengo.

Alec guardó silencio durante bastante tiempo. Ella contuvo el aliento a la espera de lo que fuera a hacer. Pero Alec no hizo más amago de acercarse. Shea se quedó muy quieta mirando la oscuridad. Un hombre con la experiencia de Alec reconocería la batalla que se libraba dentro de ella cada vez que se le acercaba. Era dolorosamente consciente de su falta de habilidad para contrarrestar su magnetismo sexual. Solo había estado con un hombre, y aquella experiencia no se acercaba a lo que describían las palabras de Alec.

Los sonidos de la noche la envolvieron. El retumbar distante de un trueno resonó en la turbulencia de su mente. Cuando por fin llegó el sueño lo hizo de un modo incómodo. Soñó que una nebulosa rodeaba el rancho y este empezaba a desaparecer. Incapaz de evitarlo, Shea gritó. Entonces sintió un reconfortante calor rodeándola, protegiéndola. El sueño se esfumó y Shea supo lo que era la paz.

Alec abrazó el inocente calor de su cuerpo contra el dolor del suyo. No recordaba cuándo fue la última vez que abrazó a una mujer. Con las demás no había tenido motivos para quedarse después de haber satisfecho sus necesidades, y desde luego no sentía ganas de abrazarlas mientras dormían. Tras las infidelidades de Sondra, se aseguró de que sus relaciones no tuvieran ataduras emocionales. Shea aseguraba que le odiaba y un segundo después respondía a sus besos de un modo que no le gustaba y con el que no podía lidiar. Shea estaba fingiendo. Actuando. No podía ser tan ingenua como parecía. Sondra había actuado como una joven inocente al volver de la cama de otro hombre. Le había mostrado lo que quería que él viera hasta el final, cuando mostró su auténtica cara. Alec sabía lo que eran capaces de hacer las mujeres cuando querían algo con todas sus fuerzas. Shea quería sus tierras. Y al igual que Sondra, todo valía. Nada se interponía entre ella y lo que anhelaba. Y más le valía tenerlo muy presente.

Capítulo Seis

Cuando Shea se despertó antes del amanecer los pájaros cantaban fuera y por primera vez en su vida el sonido le molestó. Alzó la cabeza y se sorprendió al darse cuenta de que había usado a Alec como almohada. Se apartó al instante de él y se colocó en su lado de la cama. Contuvo el aliento confiando en que sus movimientos no le despertaran, apartó la sábana y puso los pies en el suelo. Se dirigió hacia la puerta y una vez allí fue incapaz de resistirse a mirar a Alec. A pesar de estar dormido, tenía una presencia intimidante. Si no encontraba la manera de que se fuera de allí, tenía mucho que perder.

Entró en su antiguo dormitorio, agarró una camiseta limpia y unos vaqueros y se dirigió al cuarto de baño. Le dolió el hombro derecho cuando metió el brazo por la manga de la camiseta. Aquel iba a ser un día muy largo. Entró en la cocina, necesitaba una taza de café muy negro. Una hora más tarde estaba sentada tomándose el café mientras se terminaban de hornear unas galletas. Scotty se había unido a ella y estaba ocupado tomándose sus panqueques. A Shea se le había aclarado por fin la mente y estaba centrada en cualquier estrategia que pudiera librarla de aquel huésped no deseado. Acababa de volver a llenarse la taza cuando el objeto de sus pensamientos entró en la cocina.

–¡Hola, papa!

–Buenos días, Shea. Hola, hijo, ¿qué tal has dormido?

–¡Bien!

Alec había pensado que Scotty le despertaría al menos una vez al no estar familiarizado con el sitio, pero al parecer había dormido de un tirón toda la noche. El aroma a beicon y a café recién hecho le despertó el apetito. Se sirvió una taza y dejó que su mirada se deslizara sobre Shea, que estaba ocupada sacando una bandeja de galletas doradas del horno.

–Huele muy bien –reconoció–. Nunca pensé que serías una buena ama de casa. Podría acostumbrarme a esto –sonrió.

–Siéntate.

Alec se sentó al lado de Scotty. En cuestión de minutos, Shea puso un plato de huevos con beicon sobre la mesa delante de él y luego una cesta con galletas.

–¿Tú no vas a desayunar?

–Ya he desayunado –Shea le señaló el plato con la cabeza–. Adelante, disfruta del desayuno.

Alec asintió en señal de agradecimiento y se lanzó al plato encantado. Shea permaneció a su lado. El primer bocado le supo a gloria. Era una gran cocinera. Alec se metió en la boca un segundo bocado de huevos picantes, pero cuando tragó, una extraña sensación le llevó a dejar de masticar.

No sabía como la primera vez. Le estalló en la boca una explosión de lava que se le deslizó por la garganta hasta los dedos de los pies.

La visión se le nubló por las lágrimas cuando agarró el vaso. Pero observó horrorizado que estaba vacío.

–Vaya –comentó Shea en tono aburrido–. Me he olvidado de ponerte zumo. Lo siento mucho –agarró una de las galletas, todavía calientes del horno, y estuvo a punto de romperse un diente al morderla. Estaban duras como una piedra. Y todavía le ardía la boca.

–¿Están duras las galletas? –Shea se inclinó y sacó una de la cesta–. Vaya, supongo que el horno estaba demasiado bajo.

Alec salió corriendo hacia el fregadero, abrió el grifo y bebió a morro. Pero en lugar de aliviarle el ardor, el agua aumentó la quemazón.

–¿Has terminado con tu plato? –le preguntó Shea a su espalda, indicando por el tono que no le parecía extraño ver a su marido bebiendo del grifo del fregadero mientras le salía humo por las orejas–. Casi no has probado los huevos, supongo que no tenías mucha hambre.

Alec se limitó a quedarse mirándola. Tenía la lengua entumecida. Shea agarró el plato y tiró el contenido.

–Tengo que hacer algunos recados. Jason necesita ayuda con algunas tareas. Le dije que te reunirías con él detrás de la cuadra después de desayunar.

–¿Tareas? –preguntó Alec mirándola con recelo antes de agarrar una servilleta para secarse los ojos y la nariz–. ¿Qué clase de tareas?

–Hay que arreglar algunas vallas. Y limpiar los establos. Hay un par de árboles caídos en la última tormenta que están bloqueando la entrada norte. Hay que cortarlos para hacer leña y luego llevarla a la casa y apilarla.

–¿Algo más?

Shea sonrió.

–Jason tiene una lista.

El sonido de un tecleteo desafiaba el silencio de la vieja casa cuando Shea entró en la cocina. Tenía intención de empezar a hacer la cena en cuanto llegara a casa. Frunció el ceño mientras seguía el sonido por el pasillo. Abrió la puerta de su despacho y se quedó de piedra al ver a Alec sentado en el viejo escritorio tecleando en un ordenador portátil con papeles e informes esparcidos por todas partes. Los libros de contabilidad de Shea y los archivos del rancho estaban apartados a un lado. Shea se puso furiosa.

–¿Qué crees que estás haciendo?

Alec se limitó a mirarla.

–Trabajar.

–Estás en mi despacho.

–No hay otro, y yo también tengo que trabajar. No estoy aquí solo para trabajar a tu servicio –Alec se miró la palma de la mano y ella no pudo evitar verle multitud de callos.

Alec torció el gesto antes de seguir hablando.

–Verás, mi trabajo no puede verse interrumpido solo porque haya cambiado de dirección.

–¡Y el mío tampoco! No puedo trabajar cerca de ti. ¡Has sepultado mi libro de contabilidad bajo tus trastos!

Alec contuvo un suspiro de frustración y asintió con la cabeza.

–De acuerdo, cariño –dijo con sarcasmo–. Si vas a trabajar en el libro de contabilidad, ¿te importa que te instale en la mesa de la cocina mientras yo envío unos correos electrónicos?

–¿Y cómo vas a enviar esos correos? –le preguntó mientras él se ponía de pie.

Alec se quedó paralizado cuando iba a recoger los libros.

–Dime que tienes conexión a Internet.

–Lo siento –Shea sacudió la cabeza con una sonrisa.

–Vaya, esto es estupendo –Alec se pasó la mano por el cuello–. El móvil no me sirve aquí. Y no puedo llamar a mi oficina por tu fijo hasta que una tal señora Hoover termine de hablar con su hermana.

–Bueno, si no te gusta…

Alec murmuró algo entre dientes y pasó por delante de ella para salir de la estancia.

Lo hizo cojeando, su cuerpo mostraba señales de agotamiento. Dos puntos para ella.

Los siguientes días fueron una repetición de la misma rutina. Jason y Alec salían a hacer las tareas del rancho después de desayunar. Shea tenía que

organizar el rodeo que se iba a celebrar próxima-
mente y eso suponía mucho trabajo, así que Hank
había adoptado el trabajo de canguro a tiempo
parcial, algo que tanto él como el pequeño Scotty
parecían disfrutar. Alec había dedicado tiempo a
conseguir un servicio de Internet. Alec había esco-
gido una de las habitaciones de arriba para usarla
como despacho. Habían llevado un nuevo escritorio y una silla. Tras un largo día de tareas físicas
con Jason, solía pasar varias horas en su nuevo despacho, a veces hasta bien entrada la noche.

Shea tenía que admitir que tenerle en el rancho no era la pesadilla que había anticipado. Al
menos por el momento. Un par de semanas después de que Alec empezara a trabajar con Jason,
Shea habló con el vaquero para preguntarle cómo
se estaba portando. Tenía curiosidad.

–Es increíble –respondió Jason sonriendo–.
Alec trabaja tan duro como yo. Sin descanso. Acepta todas las tareas. Es un gran tipo. Deberías haber-
te casado con él hace mucho.

Shea se despidió de Jason y se dirigió hacia la
casa por la puerta de atrás. En la cocina se encontró con el objeto de sus pensamientos en la cocina
con un ramo de flores silvestres en la mano.

–Las he recogido en el pasto –Alec le tendió el
ramo–. Pensé que quedarían bien en la mesa.

Shea notó una cierta incomodidad en su voz,
algo que no cuadraba con el carácter de Alec.
Aquello la sorprendió tanto como las flores. Acep-
tó asombrada las flores y no pudo evitar sonreír.
No esperaba un detalle así de él.

—Gracias —le dijo de corazón.

—Bueno, me voy a dar una ducha.

Cuando Alec salió de la cocina, Shea se quedó mirando el colorido ramo. Los colores amarillo, naranja, rosa y azul quedaban muy bien en la mesa. Escogió un jarrón de cristal del armarito, le puso agua y arregló las flores antes de colocarlo en el centro. Alec Morreston le había llevado flores. Seguramente tendría un plan oculto, pero eso no disminuía el placer de recibir un pequeño regalo. Tenía que ser precavida y observarlo con cuidado. Pero por el momento disfrutaría de las flores y consideraría aquello como un bonito detalle.

Más tarde, cuando se sentaron a cenar, Alec habló con entusiasmo de lo que habían conseguido aquel día y le hizo preguntas sobre el rancho y el ganado, pero no hizo ninguna sugerencia. ¿Por qué tratar de mejorar algo que si de él dependiera no estaría allí dentro de un año? Pero le permitía ver a Shea al hombre que había debajo del traje. Empezó a sentir un nuevo respeto por él.

Cuando recogió los platos se sintió de pronto abrumada por una intensa oleada de tristeza. Entre los gestos amables, la tregua no verbal que tenían por el bien de Scotty y la camaradería que se había creado entre Alec, Hank y los demás vaqueros, parecían una gran familia feliz. Las cenas eran un animado gallinero amistoso en el que se compartían historias divertidas del pasado. Incluso el pequeño Scotty interpretaba el papel de hijo. Y ella estaba empezando a quererle. No podía evitar formar un lazo con aquel niño tan adorable y listo.

Cada día que pasaba se intensificaba la ilusión, y a Shea le resultaba cada vez más difícil recordar que no eran una familia. Tenía que permanecer atenta. Tenía que recordar que aquel espejismo de un hogar feliz con un marido guapo y cariñoso y un hijo encantador no era real. Y nunca lo sería.

El libro de contabilidad seguía abierto esperando un último cálculo, pero no era más que una formalidad final. Shea ya conocía el margen de beneficio, que aunque pequeño, estaba allí. Siempre y cuando los precios de la carne no se desplomaran, el rancho tendría un año de buenos beneficios. Llamaron a la puerta con los nudillos y Shea apartó la mirada de la fila de números. Alzó la vista y vio a Alec entrando en la estancia. Primero la miró a ella y luego a las fotos enmarcadas que había en la pared de la izquierda.

–¿Te importa si echo un vistazo?

–Adelante –contestó ella encogiéndose de hombros. Trató de volver a centrarse en el libro de contabilidad pero su presencia suponía una distracción que no podía ignorar.

–Algunas fotos son muy antiguas –comentó Alec mirando la pared.

–Creo que las más antiguas son de mediados de 1800 –eran fotos de vaqueros marcando reses.

–¿Este es tu padre? –preguntó Alec señalando la foto que estaba arriba a la derecha.

–Sí, y los de al lado son mi abuelo y su hermano –respondió ella sin apartar la mirada de la pantalla. No tenía que hacerlo. Conocía las fotos de memoria.

Alec sonrió.

–Son unas fotos fascinantes. Siento como si estuviera en un museo del oeste.

Alec envidiaba la vida de Shea y cómo había crecido, cerca de la naturaleza. A él siempre le había llamado la atención la vida del rancho pero nunca se había detenido lo suficiente como para escuchar su llamada. Alec se dio la vuelta.

–Saldré de aquí y te dejaré terminar tu trabajo. Supongo que debería ir a ver cómo está Scott.

Shea sonrió, y a pesar de que fue una sonrisa cauta y vacilante, le hizo sentirse muy bien por dentro.

Era casi medianoche cuando Shea se puso de pie y estiró los músculos. Tras la visita de Alec había necesitado un rato para recuperar la concentración en el trabajo que tenía que terminar. Tenía los nervios destrozados y se sentía frustrada. Suspiró, apagó el ordenador, guardó el libro de contabilidad en el cajón inferior del escritorio, apagó la luz y salió del despacho.

Le apetecía muchísimo darse una ducha caliente. Necesitaba relajarse. Una vez en el baño, abrió la ducha y se quitó la ropa. El vaho empezó enseguida a llenar la estancia. Se metió en la ducha y agarró el bote de champú. Estaba vacío. Murmurando para sus adentros, salió de la ducha para sacar uno nuevo del armarito. Apenas había dado tres pasos cuando resbaló con un pequeño charco de agua. Aterrizó contra el suelo con tanta dureza que le pareció que la tierra temblaba. Se quedó unos segundos en silencio y luego se incorporó lentamente para acercarse al armarito. Agarró un bote nuevo de champú y regresó a la ducha cojeando. Entonces se dio cuenta de que el agua no parecía estar tan caliente como antes. Cerró los ojos y manipuló los grifos para tratar de ajustar la temperatura. Cuando cerró el grifo del agua fría por completo se dio cuenta de que ya no quedaba agua caliente. En aquel momento las cañerías empezaron a gemir y una décima de segundo después el agua fría le cayó directamente en la cara. De su garganta surgió un grito de sorpresa. Tosiendo y escupiendo, se las arregló para aguantar la gélida temperatura el tiempo suficiente como para aclararse el champú y luego cerró el grifo.

Le castañeaban los dientes y tenía la piel de gallina cuando salió de la ducha. Esta vez tuvo cuidado de esquivar el charco de agua cuando se dirigió al armarito donde guardaba las toallas. Se lo quedó mirando sin dar crédito. Estaba vacío. Aquella mañana había al menos una docena de toallas de baño. Ahora solo quedaba una toalla de lavabo. Empapada y temblando, la agarró y empezó a secarse el agua de la piel y del pelo. Aquello no era casualidad. Llevaba el nombre de Alec escrito en letras grandes. Ah, cuánto odiaba aquel maldito contrato. Ojalá pudiera volver atrás en el tiempo y hacerle algo malo al antepasado que había añadido aquella cláusula infame. Se atusó los mechones de pelo, se puso las braguitas, una camiseta grande y contó despacio hasta diez. No fue suficiente.

La habitación estaba a oscuras, pero gracias a la suave luz que venía del jardín pudo ver la silueta de Alec tumbada en diagonal sobre la cama. Todavía temblando, se dirigió a la otra esquina. Su larga figura estaba encima de la colcha y por mucho que lo intentara no pudo desplazar la sábana de arriba y la manta de su forma dormida para que le diera un poco de calor. De pronto sintió la urgente necesidad de golpear a aquel hombre con el primer objeto que encontrara. La sed de venganza la llevó a agarrar el extremo de la almohada, quitársela a Alec de la cabeza y dejarla caer sobre el hombre dormido con toda sus fuerzas. Varias veces.

–¡Eh! ¿Qué diablos…? –la agarró de la muñeca y la tiró hacia la cama–. ¡Basta! ¿Qué diablos te pasa?

–Tú. ¡Eso es lo que me pasa! –le espetó ella–. ¡Suéltame! –Shea le empujó y trató de soltarse la muñeca.

Alec controló con facilidad sus esfuerzos y le puso una pierna encima de la suya, sosteniéndole ambas manos por encima de la cabeza.

–Quiero saber a qué ha venido esto.

–A nada… suéltame.

–No pienso hacerlo.

Shea se revolvió contra él haciendo un último esfuerzo por liberar las manos antes de rendirse y quedarse mirándole en la oscuridad. Vio cómo Alec desviaba la vista de sus ojos a su boca unos segundos antes de bajar la cabeza y cubrirle los labios con los suyos. Trató de apartar la cara, pero él la retuvo sin esfuerzo. Tenía los labios carnosos, cálidos y completamente seductores. La mente de Shea dejó ir la frustración y se centró en Alec. Sus besos lentos e indolentes hicieron que el deseo de alejarse de él no fuera tan importante como unos segundos atrás.

Alec alzó la cabeza y sus miradas se cruzaron a través del tenue brillo de las luces del establo. Parecía que le estuviera ofreciendo una opción. Al ver que Shea no se movía, volvió a sus labios sin decir una palabra y su boca reclamó la suya en un beso profundo y apasionado. Su lengua entró en ella, la llenó y desapareció cualquier deseo de que se detuviera. Shea se rindió con un suspiro. La pasión fue en aumento hasta convertirse en un deseo voraz. La camiseta grande estaba retorcida y estirada sobre sus senos. Sintió el calor de su mano deslizándose por su suave piel. Alec bajó la cabeza y le puso la boca en uno de los tirantes pezones, lamiéndolo y succionándolo a través de la fina tela. Shea aspiró con fuerza el aire, los senos se le expandieron bajo sus caricias. La boca de Alec se dirigió al otro seno y le provocó el mismo temblor, un temblor que apuntó directamente al centro de su cuerpo.

Alec le tomó una de las manos y la colocó entre sus cuerpos, con los dedos sobre el sexo, sosteniéndola allí cuando ella trató de retirarla.

–No. Siénteme, Shea. Siente lo que me haces.

Su voz era grave, contenida, como si estuviera tratando de controlar sus emociones. Shea se perdió en las sensaciones. No pudo cubrirle por completo con la mano, pero Alec se estremeció bajo su contacto. Sus labios volvieron a los suyos con avidez. Le deslizó la mano por el vientre sin detenerse hasta cubrirle la parte más sensible de su cuerpo.

–Abre las piernas para mí, Shea –le pidió con voz ronca–. Hazlo.

Los últimos coletazos de vacilación se disolvieron cuando ella obedeció. Alzó una pierna y le dio acceso a su parte más íntima. Las expertas manos de Alec aumentaron su deseo de penetrarla. Se le paralizó el cuerpo, estaba completamente hipnotizada por lo que Alec le estaba haciendo.

Alec estaba en llamas y a punto de perder el control antes incluso de entrar en ella. La deseaba con una desesperación que nunca antes había experimentado. El dulce aroma de su excitación le inundaba los sentidos. Shea jadeó mientras le rodeaba el cuello con los brazos, agarrándose a él mientras apretaba las caderas contra su erección, sin dejar en él ninguna duda de que necesitaba más. Unos segundos antes de que la situación cambiara por completo, sonó el teléfono que había dejado en la mesilla de noche. El tono robótico hizo caer la fría realidad sobre la situación. Se detuvo todo movimiento. Alec abrió los ojos. ¿Qué diablos estaba haciendo? Se colocó de lado mientras su cuerpo protestaba. Había estado a punto de volver a hacerlo. Hacerle el amor a Shea no serviría para nada excepto para aliviarle la excitación temporalmente. Abriría una caja llena de complicaciones que ninguno de los dos necesitaba. No le cabía duda de que Shea no tenía aventuras de una noche. Aquello era algo que ambos lamentarían al día siguiente, aunque por razones distintas.

El teléfono dejó de sonar. Mientras Alec se quedaba tumbado a su lado tratando de recuperar el aliento, Shea se apartó de él y se puso de costado. No dijo nada, y él tampoco supo qué decir. Nunca se había visto en una situación igual, desear a una mujer más allá de lo razonable sabiendo que no estaba bien. Tragó saliva. Tenía que decirle algo. No podía ignorar sus sentimientos.

–¿Shea?

Ella guardó silencio durante un largo instante. Alec pensó que no iba a responder. Entonces su voz le llegó a través de la oscuridad.

–Lo entiendo, Alec.

Entonces tal vez se lo pudiera explicar a él.

–Es por esta horrible situación –la voz de Shea sonaba tensa, como si estuviera intentando no llorar.

Alec sintió un movimiento. ¿Se estaba secando las lágrimas de los ojos?

–Ya no sé qué está bien y qué está mal. He perdido el norte. No sé qué debería sentir ni qué debería hacer. Quiero recuperar mi vida. Quiero que mi padre siga vivo –dejó escapar un suspiro tembloroso–. Quiero sentir, aunque solo sea por un instante, que no soy una extraña en mi propia casa. Que no estoy sola luchando contra el mundo.

–Eh –Alec la estrechó delicadamente entre sus

brazos, decidido a aliviar el dolor que sin duda le había provocado.

Ella apoyó la cabeza en su hombro sin ofrecer resistencia.

—No estás en lucha contra el mundo —respondió Alec—. Solo contra mí. Y estás haciendo un gran trabajo.

No podía verlo, pero le dio la sensación de que sonreía. Más allá de su belleza, era una mujer sincera y cariñosa que no se había buscado aquello. Sintió la necesidad de decirle que podía quedarse con el rancho. Pero no podía. Había invertido ya demasiado tiempo y dinero. Había mucha gente que contaba con su proyecto para conseguir trabajo y los inversores esperaban beneficios. Alec deseó poder marcharse sin más. Dejar que Shea volviera a la normalidad. Que los dos volvieran a ser felices. Aquel pensamiento lo detuvo en seco. ¿Cuándo había sido feliz por última vez? Antes de ir al rancho, ¿cuándo fue la última vez que durmió toda la noche sin despertarse a las tres de la mañana? ¿Cuándo había tenido tiempo para recordar su niñez y sus jornadas de pesca con el abuelo Jacob? ¿Cuándo había pasado tanto tiempo de calidad con Scotty? Allí todo parecía moverse a un ritmo mucho más lento. Se sentía en casa.

—¿Shea? —Alec bajó la cara hasta su coronilla. Se había dormido en sus brazos con la cabeza apoyada en su hombro y el brazo apoyado en su vientre. Le encantaba la suavidad de su pelo, que siempre oliera a los dulces capullos de aligustre que tanto abundaban por allí. Se recostó en la almohada y le deslizó los dedos por el pelo con indolencia. Sintió la suavidad de sus senos apretados contra él, su respiración en la piel. Se sentía bien. Aquel momento no era nada del otro mundo, pero Alec sabía que no lo olvidaría. Durante casi un mes se había quedado tumbado en la cama noche tras noche, sintiendo la tentación de tenerla dormida al lado. ¿Qué había sido de su convicción de que la tendría fuera de allí en unos días? Las cosas habían cambiado. Él había cambiado. Quería caerle bien. Provocaba en él cosas que ninguna otra mujer había provocado y ni siquiera habían tenido intimidad. Aunque había estado cerca. Muy cerca. Lo que buscaba en Shea era algo más que sexo. Y eso era algo nuevo en él. Y sabía que debido a la situación de la tierra y al contrato no tenía ninguna esperanza de que sucediera nada más entre ellos.

Capítulo Siete

Shea acababa de terminar de secar los platos del desayuno cuando Scotty entró corriendo en la cocina emocionado.

–¡Shea! –se puso a su lado en la mesa–, Hank tiene que ir al pueblo y papá no tiene que trabajar con Jason y ha dicho que puedo ir a pescar, pero papa no sabe dónde están los peces –tomó aire–, así que papá me ha dicho que venga a preguntarte dónde están.

Shea no puedo evitar sonreír. Le vino a la mente un lugar. El barranco de Grady. Estaba a un kilometro y medio al norte, pasado el lago. Shea vaciló un instante. Poca gente conocía aquel lugar. ¿Quería compartir aquel sitio tan especial con Alec? Pero al mirar los esperanzados ojos de Scotty tomó la decisión.

–Conozco el sitio perfecto –dijo sonriendo. Se agachó y agarró una lata de café vacía del armarito de debajo del fregadero–. Llévale esto a tu padre y dile que busque unos gusanos en la zona sombría que está cerca del cobertizo. Yo iré a buscar las cañas y nos encontraremos en la camioneta.

Scott salió corriendo de la cocina y salió disparado hacia el establo.

Una hora después Shea se detuvo en un lugar tranquilo bajo uno de los enormes robles, Alec escuchó el sonido de una cascada. Un pequeño sendero llevaba hasta allí. Alec agarró las cañas y la lata de gusanos y le hizo una señal a Shea para que abriera camino. Mientras ella extendía la vieja manta en un lugar con sombra cerca del río, Alec puso el anzuelo, lanzó la caña al agua y se la pasó a Scotty.

–Tú fíjate en el corcho, hijo. Si ves que se hunde en el agua, levanta la caña rápidamente.

Scotty asintió sin apartar la vista de la bolita blanca y roja que flotaba hacia la orilla contraria.

Cuando Alec volvió a la manta, Shea le estaba mirando como si fuera un bicho raro.

–¿Qué pasa? –preguntó él.

–Nada –Shea se encogió de hombros–. Es que me resulta increíble que sepas pescar con corcho.

Alec se unió a ella en la manta y apoyó la espalda contra el enorme tronco.

–¿Crees que porque vivo en una ciudad nunca he ido a pescar? Pues deja que te diga una cosa: cuando tenía la edad de Scotty, mis abuelos vivían en una zona rural que se parecía mucho a esta. Pasaba los veranos con ellos. Mi abuelo era muy bueno pescando.

–¿Y sin embargo tú nunca has llevado a Scott a pescar?

Alec dejó caer la cabeza y asintió.

–Tienes razón. Siempre decía que lo llevaría a un lugar especial la semana siguiente o el mes siguiente, pero siempre pasaba algo y nunca lo hacía –aquel remordimiento lo había acompañado durante mucho tiempo.

–Bueno, pero lo estás haciendo ahora.

–Sí. Gracias a ti.

Shea se encogió de hombros como si no tuviera ningún mérito.

–¿Cómo descubriste este sitio?

–Porque justo allí –dijo señalando una roca de granito– fue donde pesqué mi primer pez. Mi padre y su padre lo guardaron como si fuera de oro. La gente intentó durante años averiguar dónde se las arreglaba mi padre para encontrar siempre tantos peces. Creo que nunca lo averiguaron.

Alec inclinó la cabeza.

–Pero lo has compartido con nosotros.

Shea le sostuvo la mirada sin hablar y sin asentir, y durante unos breves segundos el resto del mundo dejó de existir. Había puesto su confianza en él, había compartido con él uno de los lugares más especiales de su vida y sus recuerdos felices. Le había dado a Scotty un día de diversión, y a él un gran alivio de la culpa por no pasar suficiente tiempo con su hijo. Se sintió conectado con la tierra, el agua fresca, los árboles que les proporcionaban sombra.

A pesar de la animadversión que había entre ellos y de su firme decisión de conservar el rancho, Shea había compartido algo especial con un desconocido que se lo quería llevar todo. Alec tragó saliva y cerró los ojos. No estaba acostumbrado al mundo de Shea, y aceptar actos de generosidad no formaba parte del plan. Pero en aquel momento supo que podía confiar en ella. Y una sombra de culpabilidad por lo que estaba intentando hacer le cubrió como una sombra, nublándole el día.

–¡Papa! ¡Ya no está! ¡Los peces lo han mordido!

Alec se puso de pie y corrió a ayudar a su hijo con la caña. En cuestión de segundos, Scotty sacó su primer pez. Cuando lo sostuvo, el pez se agitó al final de la caña y el niño no supo qué hacer.

Alec sacó con paciencia el pez del anzuelo y se lo tendió a su hijo para que lo tocara.

–¿Qué te parece si lo dejamos ir? –sugirió–. Otro día puedes volver a pescarlo cuando queramos tomar pescado de cena.

Sin decir una palabra, Scotty asintió vigorosamente con la cabeza, sin duda todavía asombrado por todo el proceso.

Se quedaron al lado del pequeño río hasta que cayó el sol. Era como si hubieran declarado una tregua silenciosa en aquel lugar donde no tenían cabida los contraltos y el terreno. Mientras Scotty esperaba a que picara el siguiente pez, Shea y Alec intercambiaron historias de su juventud. Cuanto más le hablaba ella sobre sitios especiales y momentos en el rancho, más le crecía el nudo en el estómago. Su plan de desarrollo no llegaría hasta tan lejos. Tal vez pudiera hacer algo para que Shea conservara al menos parte de su hogar. Por primera vez se planteó seriamente reducir la magnitud del proyecto. Valía la pena pensárselo.

***

El teléfono sonó cuando Shea entró en la cocina a la mañana siguiente y lo descolgó al instante.

–Buenos días –dijo la voz de Leona al otro lado de la línea–. ¿Va todo bien?

–Supongo que sí. Hasta ahora. No he visto a Alec ni a Scotty esta mañana.

–Te llamo para decirte que están los dos aquí. Han venido con Hank. Alec va a dar una vuelta por el terreno y el niño está jugando con mi nieto Cody.

–Ah, qué bien –Shea estaba sorprendida.

–No te has olvidado de que esta noche se celebra el cumpleaños de Annie, ¿verdad?

Annie Philpot estaba considerada la matriarca de la comunidad de Calico Springs. Se había casado y enviudado dos veces y había criado sola a nueve niños mientras se ocupaba del ganado y los caballos. Y tenía tiempo para cuidar de los amigos y los vecinos a los que quería.

–Ay, Leona, me había olvidado por completo.

–Eso me temía, teniendo en cuenta la vida que llevas últimamente. Hace mucho que no ves a nadie. La mayoría de la gente tiene curiosidad respecto a Alec. Intenta ir su puedes.

–Por supuesto –tenía tiempo de sobra para hacer una tarta. Todo el mundo llevaba algo de comer a aquellas reuniones–. Gracias, Leona. Te veré sobre las ocho.

A las seis de la tarde Alec ya había regresado y a las siete y media iban camino de casa de Leona. Cuando llegaron ya había al menos quince adultos y una docena de niños disfrutando de la fiesta. El aroma de la barbacoa invitaba a los recién llegados a reunirse en la parte de atrás de la casa, donde había dispuestas varias mesas largas con manteles de cuadros blancos y rojos.

Shea dejó la tarta en la mesa con los demás postres. Saludó a todo el mundo y les presentó a su marido. Alec estrechó las manos de todos y respondió a sus preguntas de cortesía, y después felicitaron a Annie, que cumplía ochenta y nueve felices años. Scotty comió con el nieto de Leona y otros niños de su edad. Cuando cayó la noche, las luces de los farolillos y las velas iluminaron el lugar. Se había despejado una zona para bailar, y las parejas bailaban una balada country. Bajo la suave luz, algunos niños, incluido Scotty, corrían haciendo círculos con las bengalas que llevaban en la mano. Su risa se mezclaba con la música y el buen humor de los adultos, que se conocían en su mayoría de toda la vida y se habían reunido para celebrar otro año de vida de uno de los suyos.

Shea se relajó completamente por primera vez desde hacía mucho tiempo. Se quedó sentada en silencio y cerró los ojos mientras escuchaba la música. De pronto, alguien le tocó el hombro. Alzó la vista y vio a Alec a su lado.

–Baila conmigo.

Sin esperar respuesta, la tomó de la mano y la llevó hacia la pista de baile. La rodeó con sus brazos mientras se movían al ritmo de la canción. A Shea le pareció lo más natural del mundo apoyar la cabeza en su hombro. Cerró los ojos, embriagada por el aroma almizclado de su colonia. Aquello no estaba bien. No debería bailar con aquel hombre ni disfrutar del contacto de sus brazos. Al conocer mejor a Alec y no verle como un enemigo le estaba resultando más difícil ignorar la atracción que sentía hacia él. Le gustaba. Mucho.

Mientras bailaban, Alec le rozó el muslo intermitentemente contra la parte inferior del vientre. Shea contuvo el aliento. Él le pasó los dedos por el pelo y le sujetó la cabeza suavemente hacia atrás mientras la animaba a mirarle a los ojos. Shea vio las llamas de una pasión controlada en la oscuridad de su mirada antes de que Alec bajara la cabeza y pusiera la boca sobre la suya.

El beso fue pura seducción. Una bola de fuego se le formó a Shea entre las piernas mientras el mundo que la rodeaba dejaba de existir.

El sonido de unos petardos la llevó a dar un respingo. Apartó los labios de los suyos, parpadeó y dio un paso atrás. Sentía como si acabara de regresar de otro tiempo y otro lugar. Pero al mirar a su alrededor se dio cuenta de que todo seguía como antes.

–Debería… debería ir a ayudar a Leona.

–Leona tiene toda la ayuda que necesita –Alec le colocó suavemente un mechón de pelo detrás de la oreja–. Vámonos a casa –su ronca invitación estuvo a punto de ser su ruina.

Shea deslizó la mirada por su rostro mientras Alec esperaba pacientemente su decisión. La deseaba. No la estaba presionando ni coaccionando. No había amenazas. Estaba poniendo las cartas sobre la mesa y ella podía decir que sí o que no. Pero no podía hacer el amor con Alec, ¿verdad? Seguía siendo su enemigo. Ella no creía en el sexo por el sexo. Para Shea, la intimidad solo debía darse entre dos personas que sintieran algo la una por la otra. Y aunque ese fuera el caso con Alec, ¿podía justificar una noche de placer con un hombre que estaba empeñado en destruir todo lo que ella tenía?

–Tengo-tengo que irme –se apartó de sus brazos, se dirigió a casa de Leona y no miró atrás.

No estaba muy segura de lo que estaba sucediendo entre ellos, pero sí sabía que había roto su primera regla: odiar a Alec Morreston.

–Parece que os lo estáis pasando muy bien los dos –comentó Leona cuando la vio entrar en la cocina. Le pasó a Shea un trapo para secar platos.

Shea asintió y agarró un plato sin atreverse a mirar a Leona a los ojos.

–Supongo que sí.

–¿Van mejor las cosas?

Shea se encogió de hombros. Alec no era el adversario que inicialmente esperaba. Desde que regresó de Nueva York con su hijo, había visto otra parte de él, la de un padre cariñoso y entregado que se había ganado su respeto y su cariño.

Agarró otro plato y empezó a secarlo con el trapo. Leona se lo quitó de la mano.

–Estás secando un plato sucio –dijo entornando los ojos–. Estás distraída.

Shea se sonrojó, asintió y agarró un plato limpio. Cuando terminó de secarlos todos guardó la comida sobrante y salió al jardín. Vio a Hank y a

Alec y fue hacia ellos. Al verla llegar, Alec extendió el brazo y se lo pasó por los hombros.

–Scott y Cody van a dormir esta noche en su fuerte. Steve Laughton dice que se quedará con ellos y se asegurará de que entren en casa si empieza a llover. ¿Lista para irte?

–Supongo que sí. Buenas noches, Hank.

El viejo vaquero asintió y se tocó el ala del sombrero. Alec mantuvo la mano en su cuello mientras avanzaban hacia el coche. Luego se puso al volante. Shea se reclinó en el agradable asiento de cuero y apoyó la cabeza mientras el coche avanzaba con tranquilidad hacia el rancho. Alec la miró de reojo.

–Tus vecinos son muy simpáticos –comentó–. Me lo he pasado muy bien.

–Tú también les has caído bien –Shea giró la cabeza para mirar por la ventanilla hacia la oscuridad de la noche–. Es una pena…

–¿Qué es una pena? –preguntó Alec.

–Bueno, no puedo evitar preguntarme cómo reaccionarán cuando descubran los planes que tienes para mi rancho y para la zona. La mayoría de esas personas son granjeros de tercera y cuarta generación. No se tomarán bien que un forastero construya apartamentos en el centro de sus pastos.

Alec continuó con la vista al frente sin mostrar ninguna emoción.

–Para que lo sepas, no tengo ninguna intención de construir apartamentos ni aquí ni en ningún sitio. No es eso lo que hago.

–Tal vez no, pero eres promotor. Eso significa

destrucción. Si no son apartamentos, será algo igual de malo.

—No todos los cambios son malos —le recordó Alec—. A veces se hace por una buena razón. Cubren una necesidad.

Shea tragó saliva. Se sentía incómoda.

—¿Y qué pasa con la gente a la que le gustan las cosas como están?

—El cambio es parte de la vida. La mayoría de la gente está dispuesta a aceptarlo si entienden la razón que hay detrás, sobre todo si les beneficia de algún modo. Me estás poniendo como el malo de la película sin saber cuáles son mis intenciones para este lugar.

—Ah, entiendo —Shea miró a Alec—. Tengo que dejar que te apoderes de mi rancho y confiar en que hagas con él lo mejor para...

—No es tu rancho, Shea.

—¡Por supuesto que lo es! —murmuró ella—. ¿Cómo puedes ser tan falso? ¿Cómo puedes hablar y reír con la gente esta noche sabiendo lo que vas a hacer con la comunidad si tienes oportunidad?

—Haces que parezca que voy a robarles —respondió Alec con tono incrédulo.

—Apuñalarles por la espalda sería más adecuado.

—¡Por el amor de Dios, eres la mujer más rígida y obstinada que he conocido en mi vida!

—Le dijo la sartén al cazo.

Alec entró en el camino que llevaba a la granja. Cuando aparcó, Shea salió del coche antes de que pudiera apagar el motor. Cruzó la cocina, subió las escaleras, entró en el dormitorio y cerró dando un portazo. Recorrió enfadada la habitación arriba y abajo hasta que se dio cuenta de la inutilidad de la situación. Entonces se quitó la ropa, se cepilló los dientes, apagó la luz y se metió en la cama. Unos minutos más tarde Alec se unió a ella. Se tumbó dándole la espalda. En lugar de sentirse aliviada, Shea estaba molesta, lo que era una locura. Debería alegrarse. Pero no era así. Y se negaba en indagar en la razón.

El distante sonido de un trueno atravesó el sereno silencio, despertando a Alec de su sueño. Pensó al instante en Scotty. Era una sensación nueva y reconfortante saber que podía dejar a su hijo al cuidado de personas prácticamente desconocidas.

Alec iba a darse la vuelta pero entonces sintió un cuerpo cálido y suave apretado contra el suyo. El aura de inocencia y confianza que desprendía Shea dormida era… Qué diablos, todo lo relacionado con ella y con aquel lugar era muy distinto a lo que estaba acostumbrado.

Se levantó de la cama. Los días se habían convertido en semanas. Para su sorpresa, había encontrado la manera de continuar con su trabajo y disfrutar de las tareas del rancho. Irónicamente, ahí era donde encontraba la paz interior. Se puso unos vaqueros y agarró una camisa y las botas. Necesitaba distanciarse un poco de Shea. La deseaba. Desesperadamente.

A las seis de la mañana la tormenta había pasado y la mañana amaneció clara. El cielo tenía un color glorioso que anunciaba la inminente aparición del sol. Alec apuró el último sorbo de café y se dirigió al establo. Unos suaves relinchos le dieron la bienvenida, provocándole una sonrisa de alegría.

–Has madrugado mucho.

Alec se giró y vio a Hank dirigiéndose a él.

–¿Quieres que te ensille un caballo? –le preguntó Hank.

Alec no había pensado salir a montar, pero la idea le gustó.

–Yo lo haré –dijo.

Unos minutos más tarde estaba subido a un enorme caballo y saliendo por la puerta principal rumbo al norte. Hank había mencionado la casa antigua y le había dado unas instrucciones para llegar. Le pareció el plan perfecto. El camino se fue haciendo cada vez menos visible a medida que el caballo lo llevaba a través de los árboles.

La serenidad del campo, el viento soplando suavemente entre las hojas de los árboles, le ayudaron a despejar la cabeza. Le encantaba estar allí. Volvió a sentir una punzada de pesar ante los cambios que pronto llegarían. Por primera vez en su vida, la alegría de construir algo grande se veía ensombrecida por la incomodidad de saber que iba a destruir algo muy especial.

Shea estaba sentada sola en la cocina viendo la mañana desplegarse. Se preparó una tostada, se sirvió una taza de café y decidió que podía tomarse tiempo para disfrutar. Solo faltaban cinco semanas para el rodeo, pero ya estaban hechos todos los preparativos.

Se dirigió hacia el establo. Lo encontró vacío y fue a casa de Hank. En cuanto dobló la esquina lo vio sentado en el porche de madera, apoyado contra un poste con un niño pequeño que escuchaba atentamente sus palabras. Al parecer Hank había recogido al niño de casa de Leona y a juzgar por el olor, parecía que ya habían disfrutado de un desayuno con beicon y huevos.

–... así que se quedó muy callado y reptó muy despacio sobre su vientre bajo el tronco caído. Pero justo cuando alcanzó el arma, un búho salió de una rama y cayó en picado encima de él.

–Vaya –Scotty parecía emocionado–. ¿Y qué hizo él?

–Bueno, Roy se dio cuenta de que el búho había revelado su escondite, así que sacó el arma, contó hasta tres y salió de debajo del tronco disparando al viejo Treach. Consiguió la recompensa de oro y construyó esa cabaña en la orilla del río. Algunos dicen que su fantasma todavía vaga por aquí vigilando su oro.

–Nunca iré por ahí porque podría pensar que quiero robarle su oro y no quiero que me dispare –Scotty sacudió la cabeza y fue ahí cuando se percató de la presencia de Shea–. ¿Tú has visto alguna vez al viejo Roy?

–Una vez. Cuando tenía tu edad –Shea sonrió y le guiñó el ojo a Hank–. ¿Qué tal la acampada?

–¡Muy bien! –contestó el niño con los ojos brillantes de emoción–. Comimos perritos calientes y quemamos nubes de algodón en la hoguera con un palito. Y luego se puso a llover y entramos en la casa, pero fue divertido.

Shea sonrió y dirigió la atención hacia Hank.

–¿Dónde está Alec?

–Salió a montar en dirección norte, dijo que quería ver si encontraba la antigua casa original. Se marchó hace un par de horas tras ensillar a Ransom.

–¿Ransom? ¡No volverá de una pieza! –Shea no daba crédito–. ¿Y le has dejado? Ese caballo…

–Es un hombre adulto, Shea –la interrumpió Hank–. Vi cómo ensillaba ese caballo y se montaba en él como si lo hubiera hecho toda su vida. No parecía tener ningún problema.

Sintió una punzada de inquietud. Se dio la vuelta y volvió a toda prisa al establo. Shea se subió al único coche que había a la vista, un viejo todoterreno blanco. No iba a quedarse sentada esperando que Alec volviera. Podría ocurrir algo. Y también le preocupaba que anduviera husmeando por la antigua casa. Era un lugar sagrado para ella.

Circuló durante varios kilómetros abriéndose camino entre los árboles hasta llegar a un pequeño valle. Las frías aguas de un lago brillaban bajo el sol y una suave brisa enviaba olas hacia la orilla. Tras aquel remanso de paz empezaban las primeras trazas de la casa original. Cuando llegó a lo más alto de la colina vio a Ramson con las patas delanteras atadas y masticando ruidosamente la tierna hierba. Detuvo el coche, apagó el motor, se bajó y se dirigió con paso firme a la antigua casa. Quedaba muy poco de la estructura original. No era de extrañar, ya que el fuego había atravesado la madera y los elementos habían hecho estragos durante doscientos años. Tres paredes y una esquina con el tejado original todavía permanecían en pie, aunque en los extremos había trazas del fuego que había arrasado la casa. La alta y robusta chimenea se alzaba imponente.

—Es increíble —la voz de Alec la sorprendió por la espalda.

Shea se dio la vuelta y le vio acercarse con naturalidad hacia ella.

—Sí —respondió con cautela—. ¿Es aquí donde vas a construir el centro comercial?

Alec ignoró la pulla. Miró a su alrededor.

—Háblame de la casa. ¿Trajeron los troncos o había árboles de este tamaño en la tierra?

—Las vigas se hicieron con árboles de aquí. Las piedras de la chimenea y de parte del suelo se recogieron del lecho del arroyo —dijo señalando hacia el este.

Alec asintió.

—¿Qué ocurrió?

Shea se encogió de hombros.

—No estoy muy segura de qué causó el fuego. Mi padre trató de investigarlo, pero no había ningún informe. Él creía que un rayo había caído sobre el tejado. Creo recordar que dijo que alguien murió.

No se pudo hacer nada para salvar la estructura. Lo poco que queda seguramente se debió a los pocos cubos que pudieron echar con agua del pozo.

–Y después del fuego, ¿tu familia construyó otra casa donde está la actual?

–Sí. ¿Por qué estás tan interesado?

Alec se dio la vuelta y miró hacia lo que quedaba del tejado.

–Por si lo has olvidado, esta es la tierra de mis antepasados. Ellos también vivieron aquí.

Shea no podía refutar aquel argumento. Alec tenía tanto derecho como ella a buscar su legado.

–Detrás de la casa, en lo alto de la colina más lejana está el viejo cementerio familiar. Creo que uno de tus parientes podría estar allí enterrado.

–Me gustaría verlo.

Caminaron juntos hacia el pequeño cementerio. Los nombres y las fechas de algunas lápidas estaban un poco oscurecidos. Los hombres y mujeres que habían llegado a aquella tierra alentados por el deseo de construir un futuro con el coraje para domar el salvaje territorio descansaban ahora en paz en aquel pequeño trozo de tierra. Había dos tumbas un poco alejadas de las demás al fondo. Alec leyó lo que ponía en una.

–William Alec Morreston. Nacido en 1780. Muerto en 1848. Mi tataratatarabuelo.

Shea extendió la mano y tocó suavemente la lápida de William.

–Es extraño que fuera enterrado aquí. Era originario del norte, ¿verdad?

–Sí –asintió Alec.

–Mi abuela solía contarme historias de lo mucho que a su abuelo le gustaba el oeste. Vino aquí de joven y se enamoró de esta parte del país. Conoció a una muchacha, Alyssa, creo que se llamaba. Escribió que iban a casarse, pero ella murió antes de que eso ocurriera. Finalmente regresó al hogar familiar en Nueva York, pero supongo que era aquí donde quería yacer.

–Al menos alguien en tu familia tenía sentido común –dijo Shea sin poder resistirse.

Miró de reojo a Alec y vio que estaba esbozando una sonrisa.

–Tengo algunas cartas antiguas que indican que era trampero. Utilizaba el río para transportarse y al parecer construyó una cabaña no muy lejos de aquí. ¿La propiedad llega hasta el río?

Ella asintió.

–Sí. Como a un kilómetro y medio de aquí.

–¿Quieres dar un paseo?

–Podemos ir en el todoterreno.

Solo tardaron unos minutos en llegar al extremo del río. Recorrieron juntos la orilla alta en busca de la ancha expansión del Río Rojo. Era un nombre apropiado. La arcilla roja, presente en las partes más superficiales y en los cañones que flanqueaban el río, desprendía un brillo rosado bajo el sol de media tarde.

–No creo que vaya a encontrar nada –Alec se puso en jarras mirando hacia el terreno–. El río habrá cambiado drásticamente sus orillas en los últimos doscientos años. Seguramente la erosión haya destruido cualquier resto hace mucho.

Parecía lamentarlo.

–Seguramente tengas razón, pero no cuesta nada echar un vistazo.

Le sorprendía el interés de Alec en su pasado. En un momento de claridad se dio cuenta de que había llegado a respetar a Alec. Era un hombre de negocios, de éxito, un gran padre y un hombre de palabra. Alec se dio la vuelta en aquel momento para mirarla y ella cometió el error de mirarle a los ojos. La sonrisa se le borró. Shea supo que había visto el recelo en su rostro. Tragó saliva.

–Se está haciendo tarde. El sol ya casi se ha puesto. Será mejor que volvamos –suspiró dándose la vuelta.

Subieron en silencio al todoterreno y volvieron a tomar el camino de vuelta a la antigua casa. Alec se acercó al caballo y le pasó la mano por el cuello.

–¿Es verdad que los caballos pueden volver solos a su casa?

Shea asintió.

–Saben dónde está la comida. Vamos, quítale la silla y suéltalo. Puedes volver en el coche.

Una vez sin silla y suelto, Ransom agradeció la libertad levantado las patas y corriendo a casa. Alec se subió al asiento del copiloto, Shea se puso al volante y giró la llave. El motor se encendió pero petardeó y se apagó al instante. Volvió a intentarlo, pero no lo consiguió.

–¿Te importa si lo intento yo? –se cambiaron de lugar, pero Alec no tuvo más suerte que ella–. ¿Cuánta gasolina tienes?

–Llené el depósito la semana pasada.

110

–Pues no le queda gasolina –dijo Alec cuando vio la aguja de la gasolina en rojo.

Estaban a varios kilómetros del rancho y se haría de noche en menos de una hora. Alec acudió la cabeza, empezó a recopilar piedras y las colocó en círculo.

–¿Vas a hacer una hoguera?

–Sí. Luego tal vez haga frío –la miró–. A menos que conozcas otra forma de mantener el calor.

Shea ignoró la broma.

–Hank se dará cuenta de que pasa algo y vendrá a buscarnos. No hace falta que hagas eso.

Alec dejó caer unas ramitas en el interior del círculo.

–Puede que tarde un poco. ¿Hay cerillas en el coche?

–Que yo haya visto, no, pero echaré un vistazo –se acercó a la parte delantera del vehículo. Abrió la guantera y encontró dos mecheros y una caja de cerillas.

–No sé cómo han llegado hasta aquí, pero toma –dijo pasándole un mechero.

–¿Y cómo andamos de agua?

–No tenemos agua en el coche.

–¿Te importaría mirar?

Shea se encogió de hombros y volvió al todoterreno. Apartó la silla de Ransom y vio al instante dos garrafas de agua.

–No lo entiendo…

–Solo es una suposición, pero creo que Hank sabía que íbamos a necesitar agua y cerillas antes de que tú salieras del rancho.

111

–¿Qué estás diciendo?

–Que estemos aquí solos, atrapados… todo estaba planeado.

–No –Shea negó sus palabras, pero se le aceleró el pulso–. Hank no haría algo así.

–Mira en el maletero. Apuesto a que encontrarás algunas mantas. Y también puedes comprobar si hay algo de comer.

Shea abrió la boca para argumentar, pero volvió a cerrarla sin decir ni una palabra. Dejó las garrafas de agua en el suelo y volvió al coche. Parcialmente escondidas bajo la lona había un saco de dormir, dos almohadas, un par de mantas y una nevera portátil. Un termo y unas tazas completaban el conjunto.

A Shea le asombraba que Hank Minton hubiera hecho algo así. Pero no podía ser otra persona. Cuando volviera al rancho iba a hablar con él muy seriamente.

Capítulo Ocho

Shea contempló cómo los últimos rayos del sol se rendían a la multitud de estrellas de la noche. La madera de la hoguera crepitaba y silbaba. Comieron en acompañado silencio. La temperatura había empezado a caer con la desaparición del sol.

–¿Quieres otra taza de café? –Alec apoyó los brazos en las rodillas y miró al cielo.

–No, gracias, –Shea se recostó en una piedra.

Se quedaron un instante en silencio escuchando el crepitar del fuego.

–Alec, no te he preguntando nunca si había alguien especial en tu vida.

–No –Alec sacudió la cabeza–. Nadie especial.

–Pero estuviste casado...

–Sí. Poco más de un año –Alec vaciló, como si estuviera dudando si decir algo más. Finalmente lo hizo–. No habría durado tanto si no se hubiera quedado embarazada. Scotty fue lo único bueno que salió de aquello. No tardó mucho en darse cuenta de que el papel de madre y de esposa no era para ella. No supe lo del otro hombre hasta después de que se fuera. Unos meses más tarde murió de sobredosis.

–Qué terrible. Lo siento mucho.

–¿Y qué me dices de ti? –le preguntó Alec.

–No –Shea se encogió de hombros–. Había alguien en la universidad. El que llamó la noche que nos casamos. Hace mucho tiempo que no lo veo, pero sigue siendo un buen amigo. Hablamos de casarnos, pero buscábamos cosas distintas en la vida. Entonces mi padre enfermó. Dejé la universidad para cuidar de él y encargarme del rancho. No he tenido tiempo para nada más.

–¿Qué estabas estudiando?

–Veterinaria. Pero no terminé por lo de mi padre –Shea sacudió la cabeza–. Las cosas a veces no salen como uno quiere –trató de apartar de sí los pensamientos sombríos y sonrió–. ¿Tienes más familia aparte de Scotty?

–Un hermano, Mike. Y mi madre vive con su hermana en Florida.

–¿Saben que te has casado?

–No. Pensé decírselo, pero no sabía cómo explicarles la situación. Y hablando de la situación, hay un tema que no sé cómo sacar, pero debo hacerlo –Alec agarró una ramita y empezó a dibujar con ella en la tierra–. Hay una reunión programada para finales de este mes en un hotel de Dallas. Todos los inversores estarán allí. Vamos a construir un resort, Shea. Hoteles, casinos, un parque temático, restaurantes en la parte de Oklahoma. Un parque acuático, un campo de golf y un par de restaurantes más en Texas.

Guardó silencio durante un instante.

–Me gustaría que vinieras conmigo.

Shea sacudió la cabeza.

–No quiero ir.

–Shea, esto es inevitable. Tienes que aceptar la posibilidad de… –Alec se detuvo–. Mira, tal vez haya una manera de que ambos consigamos lo que queremos. Estoy dispuesto a intentarlo, pero tienes que ver los planos con mente abierta y luego decirme si crees que se puede hacer algo.

Shea miró hacia el millón de estrellas que brillaban en el cielo de terciopelo negro y sacudió la cabeza con desesperanza.

–Entonces, ¿crees que mi ganado puede saltarse el rodeo de otoño y pasar unos días en tu resort? –aspiró con fuerza el aire–. Los dos sabemos que esto solo puede acabar de un modo. Con uno de los dos marchándose.

–Así que te niegas a intentar ver siquiera si existe alguna alternativa.

–No veo ninguna.

–Y seguirás sin verla si no acudes a la reunión. Compruébalo por ti misma –Alec echó la ramita al fuego–. Si yo estuviera en tu lugar, intentaría saberlo todo sobre el enemigo y sus intenciones.

Shea le dirigió una mirada de sorpresa.

–Tal vez –reconoció finalmente–. Y tal vez no.

Alec suspiró.

–Es tarde. Sugiero que durmamos bajo el tejado de la casa –se puso de pie y apuró las últimas gotas de café.

–Haz lo que quieras. Yo voy a dormir en el todoterreno –afirmó ella–. Llévate el saco.

Aunque habían compartido cama, no era lo mismo meterse en el mismo saco de dormir.

115

Alec alzó las cejas pero no dijo nada al verla dirigirse al coche.

–He oído el estruendo de un trueno lejano antes –dijo él–. El todoterreno no tiene techo. ¿Seguro que quieres…?

–Sí, seguro –afirmó Shea. Se acurrucó bajo los cálidos pliegues de la manta y trató de ponerse cómoda en aquel espacio reducido.

La incómoda sensación del agua fría corriéndole por la cara y el cuello la despertó de un profundo sueño. Se apartó la humedad con la mano, parpadeó y se incorporó. Estaba oscuro. Y llovía. Suave pero pertinazmente. Se despertó del todo y notó que tenía la manta mojada, igual que la ropa. Salió del coche murmurando para sus adentros. Se había levantado viento y la temperatura había bajado. Shea se acercó tambaleándose a la casa.

Las ascuas moribundas de la hoguera proporcionaban suficiente luz como para dar los últimos pasos. Cuando se acercó a la vieja estructura de madera el cielo se abrió y empezó a caer un aguacero. Siguió la pared para llegar hasta la sección que todavía conservaba el tejado.

–Por aquí –dijo Alec en la oscuridad.

Shea siguió con precaución la dirección de su voz hasta que rozó el saco de dormir. Se agachó.

–Aquí –dijo Alec tomándola de la mano–. Estás empapada, Shea. Quítate esa ropa.

Ella se desabrochó el cinturón. Le castañeaban los dientes cuando se bajó la cremallera de los vaqueros mojados. Finalmente, Alec le agarró las perneras y tiró de ellas hacia abajo hasta quitárselos. Shea se metió en el interior de la suave tela del saco, que todavía conservaba el calor de su cuerpo.

–Y la camiseta –ordenó Alec, sin esperar respuesta, se la quitó por la cabeza, la arrojó y se tumbó a su lado. La rodeó con sus fuertes brazos.

–¿No me vas a decir «te lo dije»?

–Esta vez no.

Los truenos se fueron haciendo cada vez más sonoros, los relámpagos brillaban con más fuerza. Alec permanecía tumbado entre las sombras, sosteniendo a Shea mientras dormía. Inclinó la cabeza y aspiró el dulce aroma de su cabello. Un largo y sonoro trueno fue seguido por más destellos de luz. Shea giró la cabeza y se cubrió los oídos con las manos.

–Odio las tormentas.

Tenía un tono de voz asustado. Otro trueno sacudió el suelo. Shea alzó la cabeza y, a través de los destellos de los relámpagos, Alec vio el miedo reflejado en el azul de sus ojos. Los sensuales labios de Shea se entreabrieron y el deseo le recorrió el cuerpo a Alec como un relámpago más.

Shea extendió una mano y se la puso en la cara como si quisiera asegurarse de que estaba allí. Alec no se movió, no respiró por miedo a romper el hechizo que los sostenía. Shea se inclinó hacia delante y le humedeció los labios con la lengua antes de besarle apasionadamente.

A Alec se le subió la sangre a la cabeza y después se le dirigió a la entrepierna. Respondió sin

117

pensar a aquella pasión. Alec no sabía si lo deseaba o si estaba medio dormida y no era consciente de lo que hacía. Pero fuera cual fuera la razón, Shea no se apartó. Tirando de su último jirón de fuerza de voluntad, Alec se apartó de ella.

–Escúchame, Shea –le dijo con voz ronca–, no puedo seguir haciendo esto. Para mí ya no es un juego. Si no quieres que te haga el amor, apártate de mí. Ahora.

Alec dio por hecho que iba a alejarse, pero lo que hizo Shea fue besarle el pecho y mordisqueárselo. Como un hombre manejado por fuerzas que no podía controlar, la tumbó bocarriba en el saco. Cálida y complaciente, la piel de Shea se amoldó a la suya.

Alec supo en aquel momento que ya no quería que se marchara. La deseaba. Necesitaba sentir su carne dura dentro de ella. Era suya. Y se aseguraría de que Shea lo supiera.

Su boca encontró la de ella y le introdujo la lengua dentro, saboreó su sensación. Y esta vez Shea le devolvió el beso. Alec soltó un gemido de derrota y la besó profundamente, con una avidez que amenazaba con consumirle. La escuchó gemir y la sangre le retumbó en los oídos. Sus manos siguieron los exquisitos contornos de su cuerpo, cubriéndole los perfectos senos. Dejó de besarla en la boca y le deslizó los labios por el cuello. Shea arqueó la espalda y apretó el pecho contra él con un suave gemido. Alec retiró la mano de su seno y la deslizó hacia los sedosos rizos que enmarcaban el centro de su deseo.

–Alec –susurró. Su voz estaba cargada de deseo cuando se apretó contra su mano.

El dolor de la entrepierna de Alec se volvió insoportable cuando un instinto primitivo se apoderó de él. Se recolocó encima de ella y Shea se abrió para él. Alec le agarró el pelo y le echó la cabeza hacia atrás para tener mejor acceso a su boca, alimentándose de ella como un hombre hambriento.

Alec alzó la cabeza y, entre los destellos de los relámpagos vio el azul iridiscente en la profundidad de sus ojos. Con un gruñido casi feroz, entró en ella. Sonó un trueno y su bramido fue un reflejo de la intensidad de su unión.

El cuerpo de Shea se expandió para recibirlo cuando su poder la llenó. No tenía miedo a la tormenta. Su mente y su cuerpo estaban consumidos por Alec, todos sus sentidos estaban en sintonía con él. Ya no podía pensar. Solo sentir. Y la sensación era increíble. Cada movimiento de su poderoso cuerpo la propulsaba más alto. Le deslizó los brazos por los anchos hombros y le rodeó el cuello, agarrándole el pelo con los dedos.

Alec volvió a poner los labios en los suyos y le introdujo más profundamente la lengua. Le sostuvo la cabeza con las manos, sosteniéndola donde quería tenerla. Una presión empezó a crecer dentro de ella, provocando un deseo que resultaba casi doloroso en su intensidad.

–¡Alec! –gritó contra sus labios.

–Lo sé, cariño. Deja que suceda –Alec rotó las caderas y apretó con más fuerza.

El deseo de Shea se intensificó y su mente se

deshizo en un millón de piezas brillantes. Gritó su nombre mientras varias oleadas de satisfacción y plenitud le atravesaban el cuerpo.

Alec la besó otra vez con avidez animal. Empezó a moverse con fuerza, llevándola al límite del éxtasis por segunda vez. Se agarró a sus anchos hombros cuando las manos de Alec se posaron en sus caderas, elevándola, llenándola, hasta que llegó a la cima de su propio clímax soltando un gruñido salvaje.

Alec se estremeció contra ella cuando los espasmos de su orgasmo vibraron a través de él, impulsándola hacia la cima una vez más. Agotado, colapsó encima de ella. Su peso le dificultaba la respiración, pero nunca le habría pedido que se apartara. Rodeada por su aroma almizclado, sintió el rápido latido de su corazón. Envuelta en el calor y la protección de sus brazos, fue regresando poco a poco a la tierra.

–¿Te he hecho daño? –le preguntó llevándose la mano de Shea a los labios.

–No –Shea sonrió y le acarició la cara. Sabía que el dolor llegaría más tarde. Cuando aquella situación hubiera terminado y Alec le dijera adiós.

–Shea –la voz de Alec la llamó, haciéndola regresar del delicioso reino del sueño–. Shea, cariño, despierta.

Ella gruñó y trató de volver a acurrucarse.

–Vamos, cariño –Alec la besó antes de abrir el saco de dormir–. Creo que tenemos compañía.

Una luz penetrante atravesó la oscuridad y fue seguida del sonido de un motor y unas ruedas atravesando los baches mojados. Shea se sentó y se tapó con la parte superior del saco de dormir.

–¿Qué es eso?

–Creo que nos están rescatando.

–¿Rescatando? ¿Qué hora es? –la lluvia se había convertido en un goteo, pero el cielo seguía estando negro.

–Más de medianoche.

–¿Estáis bien los dos? –gritó Hank desde la camioneta cuando se detuvo frente a la casa–. Nos preocupamos un poco cuando estalló la tormenta. Pensé que sería mejor venir a ver.

Alec miró a Shea, torció el gesto y se levantó para ponerse los vaqueros. Ella encontró la manta que Alec había usado, se cubrió con ella, recogió la ropa mojada y se puso de pie. La llegada de Hank acabó la dulce fantasía y le hizo volver de golpe a la realidad.

El viaje de vuelta se hizo en silencio. Debía haberse vuelto loca. ¿Cómo era posible que hubiera hecho el amor con el hombre que amenazaba con quitarle el rancho? Al llegar a su casa subió directamente las escaleras. Con un poco de suerte podría meterse en la cama y fingir que estaba dormida cuando Alec entrara.

Agarró una camiseta limpia y unas braguitas, entró en el baño y abrió la ducha. Cuando estuvo bajo el agua, apoyó la cabeza contra la pared. ¿Se había equivocado al hacer el amor con Alec? No le amaba. No podía. No se enamoraría de él.

Cuando terminó de ducharse, se vistió para acostarse y abrió la puerta del baño. Alec estaba delante de ella, alto y tremendamente masculino. Solo llevaba una toalla en las caderas. Debería haberse duchado en el baño de abajo. Alec la vio con aquellos ojos de gato, alerta a las emociones que Shea trataba de ocultar. Shea forzó una sonrisa y avanzó para rodearle. Alec la agarró del brazo cuando pasó y la detuvo en seco.

–Tenemos que hablar.

–No –ella mantuvo la vista firme en el suelo.

Pero Alec le puso un dedo en la barbilla y se la levantó.

–No estoy de acuerdo. Acabo de hacer el amor con mi esposa y ahora ella no quiere tener nada que ver conmigo –Alec la miró fijamente–. Me gustaría saber por qué.

–Es… es incómodo para mí –Shea se encogió de hombros–. No sé… no sé qué va a pasar ahora.

Alec avanzó y apoyó las manos en la pared antes de inclinarse sobre ella.

–Yo digo que lo vayamos viendo día a día –se acercó a su cuello y le mordisqueó el lóbulo de la oreja–. No puedo decirte que vaya a renunciar al proyecto. Hay demasiado dinero invertido y demasiada gente metida. Pero tiene que haber una manera de arreglar esto.

Lo estaba haciendo otra vez. La estaba seduciendo con sus caricias y su voz. Shea asintió en silencio y la boca de Alec cayó sobre la suya. La barba le rascó la piel, pero a ella no le importó. Que Dios la ayudara, en aquel momento no le importaba nada. Alec contuvo un gemido, la tomó en brazos y la llevó al dormitorio, cerrando la puerta con el pie tras ellos.

El distante ruido del trueno anunció otra tormenta de verano. Alec encontró a Shea en el dormitorio de Scotty, abriendo una ventana para permitir que la suave brisa atravesara el aire cargado de la habitación.

–¿Siempre llueve tanto en Texas? –preguntó él desde el umbral.

–Son lluvias de verano –respondió Shea girándose para mirarlo–. A mediados de agosto rogarás que llueva.

–¡Papá, mira lo que he ganado en la feria! –Scotty salió corriendo de la ducha. Después del desayuno, Hank se los había llevado a él y a Cody a la feria del condado. El niño agarró orgulloso el búho de peluche que tenía encima de la cómoda–. ¿Verdad que es precioso?

–Sí, hijo –respondió Alec con una sonrisa.

Scotty se dirigió a toda prisa a la ventana y dejó cuidadosamente el búho en el poyete.

–Hank dice que este búho me dará suerte. Voy a dejarlo aquí para que me vea cuando monte a Marty.

Alec se inclinó sobre su hijo y le dio un beso en la cabeza antes de revolverle el pelo. Shea abrió la cama para que el niño se metiera.

–Adelante, vaquero, a dormir.

El día después de su noche en la antigua casa,

Hank le presentó a Scotty a su primer caballo. Marty había sido una elección perfecta, se movía despacio y con delicadeza, como si supiera que su joven jinete estaba aprendiendo. Tras solo una hora de clase, Scotty ya salió a montar dando círculos por uno de los corrales más grandes.

Scotty empezó a dar saltos en el colchón riéndose. Alec sonrió y se inclinó para acostar a su hijo. Shea salió de la habitación para dejar un poco de tiempo a padre e hijo.

Las cortinas se agitaban suavemente en el dormitorio principal. De pronto empezó a caer la lluvia contra el tejado de la casa. Shea se acercó a la cómoda y sacó una camiseta de algodón antes de darse una ducha. Unas manos grandes se pusieron en sus hombros y Alec la estrechó contra su pecho.

–Gracias por todo lo que haces por Scotty –murmuró él llevándola hacia la cama–. Y por mí.

–Es un placer –aseguró Shea.

Alec se reclinó sobre ella y puso los labios en los suyos. Estaba tan centrada en Alec que al principio ignoró la sensación húmeda y fría que tenía en la frente. Al ver que la sensación persistía, se apartó de Alec. Se sentó y se secó la sien. Antes de que pudiera asimilar lo qué pasaba, otra gota le cayó en la cabeza.

–¿Qué ocurre, Shea?

Ella se levantó de la cama rápidamente. En aquel momento, una parte del techo que estaba encima de la cama se derrumbó, lanzando la lluvia acumulada directamente sobre la cabeza de Alec.

Shea se apartó de la cama dando un grito cuando un relámpago iluminó la habitación. Observó asombrada cómo Alec, que estaba sentado en la cama, se llevaba las manos a la cabeza mientras una cascada de agua le caía encima.

–¡Mola! –exclamó Scotty al abrir la puerta del dormitorio. Sin duda había oído el escándalo–. Oye, papa, ¿puedo…?

–¡No! –Alec no le dio oportunidad de terminar la pregunta–. Ve al baño y trae una toalla –le ordenó levantándose de la cama.

Scotty salió corriendo por el pasillo. Shea se quedó de pie observando a su marido. Se puso en jarras y observó el techo chorreante. Apretó los puños para contener la risa pero finalmente no pudo y soltó una carcajada. Scotty regresó con una toalla y su risa se unió a la de Shea al ver a su padre empapado al lado de la cama.

–No tiene ninguna gracia –gruñó Alec, lo que hizo reír a los otros dos todavía más. Le quitó la toalla de las manos a su hijo y empezó a secarse la cabeza y el cuello.

–Oye, papa, ¿quieres un poco de jabón?

Shea se puso la mano en la boca y se apartó de Alec mientras trataba de aguantar la risa. De pronto Alec la tomó en brazos.

–¿Te parece divertido?

Antes de que pudiera contestar, Alec la arrojó sobre el colchón, que estaba empapado. Scotty se unió a ella en la cama riendo y gritando.

***

–¿Por qué? ¿Por qué molestarse en comprobar los cimientos de una casa que vas a derribar?

Shea observó cómo Alec comprobaba las linternas mientras esperaba la llegada de Jason.

–Porque quiero saber que es seguro. Está claro que no vamos a mudarnos tan rápidamente como pensé en un principio –la miró fijamente–. Este sitio es muy antiguo y podría ser una trampa mortal. No voy a poner en peligro la vida de Scotty ni la tuya.

Habían pasado la noche en la antigua habitación de Shea, y aunque no era tan cómoda como la nueva cama, y menos para un hombre del tamaño de Alec, Shea había dormido en paz. La ducha fría de lluvia no había disminuido el apetito sexual de Alec, y cuando consiguieron que Scotty se volviera a dormir, no había perdido el tiempo demostrándoselo. Ahora estaban en la cocina desayunando.

–¿Cuánto tiempo hace que no se revisa la casa, Shea? –le preguntó él sirviéndose otra taza de café.

Shea puso unas tiras de beicon en la sartén. El aroma llenó al instante el aire.

–¿Revisarla para qué?

–Madera podrida. Termitas. Cañerías con fugas. Muchas cosas.

Ella se encogió de hombros.

–No lo sé.

–¿Cuánto tiempo hace que no se cambia el tejado?

Shea volvió a encogerse de hombros.

–Papá siempre decía que iba a repararlo, pero creo que nunca lo hizo. De vez en cuando teníamos goteras y se arreglaban esas partes.

Alec torció el gesto.

–Así que no ha habido mantenimiento durante doscientos años. Increíble. Tengo intención de averiguar qué está pasando. Me temo que el incidente de anoche es solo la punta del iceberg.

Si Alec encontraba daños importantes no sabía de dónde iba a sacar el dinero para las reparaciones.

Cuando terminaron de desayunar, Alec fue a buscar a Jason. Estaba impaciente por empezar.

Los dos hombres bajaron el colchón mojado. Luego puso pilas nuevas a las dos linternas y salieron. Shea sabía que Alec estaba más que cualificado. Inspeccionar la casa sería un juego de niños para él. Shea llamó a una empresa de reparación de tejados para que vinieran a dar presupuesto. Pasó el resto del día cerca de la casa, terminando la colada, preparando carne y esperando la llegada de los obreros.

Unos minutos antes de que Shea llamara a Alec y a Scotty para cenar, Alec entró en la cocina. Estaba cubierto de suciedad de la cabeza a los pies y tenía el gesto torcido.

–Dame unos minutos para asearme –le pidió dirigiéndose a las escaleras.

Unos instantes más tarde volvió a entrar en la cocina.

–Dime, ¿el tejado está muy mal?

–Bastante.

–Puede repararse en la parte en que se vino abajo y...

–No es solo el tejado, Shea –la interrumpió él–. Hay madera podrida y termitas por todas partes.

He encontrado destrucción en la mayor parte de los muros de carga de la primera planta y los cimientos se están desmoronando. La casa ha empezado a moverse. No creo que pueda mantenerse en pie mucho tiempo más –Alec se frotó la nuca–. Aparte de eso, la instalación eléctrica tiene sesenta años. Hay que cambiar la fontanería. Y sospecho que la mayor parte del calor durante el invierno se escapa por las ventanas mal aisladas.

–Entonces, ¿qué estás diciendo? –Shea quería que lo soltara–. Si es por el coste, podría ir reparando una cosa tras otra durante…

–Shea, la casa no es segura.

Sus palabras le provocaron una sensación de náusea.

–Ni siquiera deberíamos estar aquí dentro ahora. No te lo puedo decir más claro.

Shea sabía que la vieja casa necesitaba reparaciones, pero debido a la falta de dinero, había ignorado los problemas. Al parecer su padre hizo lo mismo.

–Entonces, ¿qué opciones tengo?

Alec sacudió la cabeza.

–La única opción es tirarla y construir una nueva. Pero dadas las circunstancias sería ridículo.

–¿Dadas las circunstancias? –a Shea le daba vueltas la cabeza, no quería pensar en lo que estaba diciendo. ¿Era aquella su manera de decir que todo había terminado? Creía que entre ellos había algo especial. Hacían el amor todas las noches. Ella había empezado incluso a creer que su matrimonio era real… o que había una oportunidad de que llegara a serlo. Había bajado la guardia. La realidad y la decepción la golpearon con la fuerza de una apisonadora.

Sacó los bollos del horno con el pulso latiéndole con fuerza y se lo quedó mirando fijamente. De pronto todo le resultó abrumador. Las noticias sobre la casa eran pésimas. Su vida estaba allí, su pasado y su futuro imaginado descansaban en aquel pequeño trozo de tierra. No tenía otro sitio donde ir. Se le llenaron los ojos de lágrimas. Pero pensar que iba a perder también a Alec… ¿cómo podía aceptar algo así?

−¿Shea?

Ella se cubrió la boca con la mano para intentar contener un grito de desesperación y sació corriendo de la cocina envuelta en lágrimas. Se acurrucó en el extremo de unos de los viejos sofás del salón y miró hacia el antiguo sillón reclinable que estaba en la esquina. Era la silla de su padre. Podía verlo allí sentado con los pies en alto mientras leía el periódico. Aquella casa era la única conexión que tenía con él y con su madre. Cada espacio albergaba recuerdos preciosos. Las colchas que su abuela hacía a mano estaban tendidas sobre las camas. Era como si la casa le diera fuerzas para seguir adelante sola.

−¿Shea? −Alec entró en la estancia.

Ella no quería hablar con él. No podía. No quería confirmar que tenía razón al sospechar de él.

−Por la mañana tienes que hacer una maleta con algo de ropa. He reservado un hotel para alojarnos en Dallas durante un tiempo.

–¿Y luego qué? –Shea se miró las manos entrelazadas en el regazo–. ¿Qué va a pasar, Alec?

–Tendremos que hablar de ello, pero quedarse aquí no es una opción –Alec se adentró en el salón–. Sigo manteniendo la promesa que te hice aquel día en el despacho de Ben. Te compraré todo. Puedes volver a la universidad, terminar la carrera y convertirte en veterinaria. Cumplir ese sueño. No tienes que vivir aquí para hacerlo.

–¿No es razonable querer quedarse en un sitio que amas?

–Tal vez sea el momento de cambiar. Tal vez deberías considerar…

–No –Shea sacudió la cabeza–. Tú no lo entiendes, Alec. Te estoy diciendo que no dejaré que tiren esta casa. Aquí es donde quiero estar.

Alec asintió y luego se encogió de hombros.

–Entonces tu mundo y tú os desmoronareis juntos. Pero yo no formaré parte de ello.

Se había enamorado de Alec, pero él nunca había dicho que sintiera lo mismo. Shea tragó saliva al darse cuenta de ello y se sintió humillada y estúpida. Alec no la amaba. Nunca la amaría. ¿Cómo había sido tan estúpida para creer que un hombre como él mantendría una relación estable con ella? Se puso de pie para encararle.

–No dejaré esta casa. Crees que has ganado, pero no es así.

Alec retrocedió como si le hubiera abofeteado. Durante un instante le pareció ver dolor en sus ojos, pero desapareció tan deprisa que pensó que lo había imaginado.

–¿Ganar? ¿De eso crees que trata todo esto, de ganar? Si eso es lo que piensas, no hay nada más que decir.

Shea no dijo nada. Se acercó a una mesita cercana y sacó un par de pañuelos de papel de una caja. Se secó los ojos y aspiró con fuerza el aire para tratar de controlar el dolor que le atravesaba el cuerpo. Se había enamorado de Alec, tanto que le habría dado todo lo que le pidiera. Pero la única preocupación que él tenía era que se marchara de la propiedad. De pronto lo tuvo frente a ella agarrándole los antebrazos. Su rostro parecía esculpido en piedra y tenía los ojos entornados. Shea escuchó claramente la exasperación de su tono de voz.

–Vas a escucharme –le dijo–. Mañana harás las maletas porque nos vamos a ir de este lugar. Todos. Y vas a enfrentarte a la realidad, la vida tal y como la conocías ha terminado.

–No –trató de zafarse, pero él la sostuvo.

–¡Basta, Shea! Quítate la maldita venda y mira lo que tienes delante.

Lo único que ella veía delante era un hombre al que solo le importaba el dinero. Alec se dio la vuelta y se dirigió hacia la puerta.

–Confiaba en que… –se metió las manos en los bolsillos y apretó los dientes–. Voy a contactar con un inspector de edificios. Si no me crees a mí, puedes oírlo de él. Y voy a llamar al condado. Hay que clausurar esta casa.

Shea parpadeó. Alec se detuvo en la puerta y la miró con ojos entornados.

–Tendré el jet listo para despegar mañana. Me voy a llevar a Scott a Nueva York. Me gustaría que vinieras con nosotros, pero tú decides.

–Te odio por esto.

Las manos del tiempo se detuvieron mientras se miraban el uno al otro en silencio. Entonces Alec se dio la vuelta y salió por la puerta. Shea escuchó sus pasos subiendo las escaleras y dirigiéndose luego a la habitación de Scotty. Ella se quedó en medio del salón, que parecía dar vueltas a su alrededor. El dolor del pecho le impedía respirar. Aquella situación imposible se había convertido en una pesadilla de proporciones épicas y ella se estaba ahogando. Alec era libre de volver a su mundo. La vieja casa estaba clausurada. Misión cumplida.

A la mañana siguiente muy temprano, Alec se marchó como dijo que haría llevándose a Scott con él. Escuchar los llantos del niño había estado a punto de acabar con la determinación de Shea. Finalmente salió corriendo hacia el establo, incapaz de escuchar su llanto, incapaz de verles salir por la puerta para siempre. Cuando regresó a la casa, estaba en silencio, como si supiera que había llegado su momento y esperara su ejecución como un condenado a muerte. La alegría y la risa de Scotty ya no se escuchaban por los pasillos. Pero lo peor de todo era soportar la ausencia de Alec.

El tercer día ensilló uno de los caballos. Siempre había encontrado consuelo en la naturaleza.

Había sido un refugio en el que buscar soluciones a los problemas que parecían demasiado grandes para ella sola. Aparte de la muerte de su padre, perder su casa era lo más duro a lo que se había enfrentado. Y perder al hombre al que amaba le estaba resultando desgarrador.

Se subió a la silla, agarró las riendas y guio a la yegua hacia los pinares que había detrás de la antigua casa. Sabía que tendría que enfrentarse a los recuerdos de la última vez que estuvo allí… con Alec. El suave paso de la yegua le resultó tranquilizador mientras llevaba a Shea entre los árboles y más allá del prado. Tras desmontar, se dirigió al camposanto en el que dormían eternamente cinco generaciones de sus ancestros. Se detuvo frente a la tumba de William Morreston y lamentó no poder hacerle las preguntas que quería. Finalmente regresó a la antigua casa. Mientras el sol se ponía en el horizonte, Shea se curvó en una esquina, a menos de un metro del lugar donde habían hecho el amor, y sucumbió al dolor que le estaba destrozando el corazón. Incapaz de seguir conteniendo la tristeza, el dolor atravesó sus últimas resistencias y los sollozos por la pérdida le atravesaron el cuerpo.

Capítulo Nueve

Había pasado casi una semana desde que dejó el rancho. Ahora, de regreso a Dallas, seguía sin saber qué podía decirle a Shea para que entendiera que su seguridad era su mayor preocupación.

Alec tamborileó los dedos con impaciencia en el escritorio mientras miraba por la ventanilla hacia el cielo oscuro. Estaba acostumbrado a los vuelos largos, solía trabajar cuando viajaba de continente a continente. Le ayudaba a pasar el tiempo. Pero en este vuelo le resultaba imposible centrarse en algo que no fuera Shea o la maldita casa. Quería que Shea formara parte de su nueva realidad. No podía imaginarla sin ella. Veía el futuro a su lado, algo que nunca pensó que volvería a sentir por ninguna mujer.

Seguramente Shea habría aceptado a aquellas alturas que la casa no era segura y se habría calmado un poco. Pero iba a tener que hacer acopio de toda su habilidad para convencerla de que se marchara. Se había enamorado de Shea Hardin.

El asunto de la tierra colgaba como una nube negra por encima de sus cabezas, y tenía que terminar con aquello. Si tenía que escoger entre perder a Shea y renunciar a todo el proyecto, el proyecto era historia. Ahora tenía el corazón abierto a la posibilidad de un futuro feliz. No iba a perderla. Ni por la tierra ni por nada.

Miró el reloj. Todavía faltaba media hora para llegar a Dallas. Cuando el avión aterrizó en el aeropuerto, había un helicóptero esperando para llevarle de regreso a Calico Springs. Esta vez tendría que escucharle. En la reunión que había organizado para dentro de cuatro días iba a parar el proyecto. Valía la pena cualquier pérdida financiera con tal de tener a Shea en su vida. La necesitaba. Scotty la necesitaba. Y creía que Shea los necesitaba a ellos.

El sonido parecía llegar de lejos. Shea lo ignoró. El sonido se hizo más fuerte, y ahora escuchó también una voz llamándola por su nombre.

Abrió los ojos y se incorporó. Los truenos cruzaban el cielo y los relámpagos iluminaban la oscuridad. El viento gemía alrededor de la vieja estructura y el aire estaba cargado de humedad.

–¡Shea!

Era Hank. Cuando se levantó, Shea vio la camioneta a unos cien metros dirigiéndose hacia ella a gran velocidad. Se detuvo en seco al llegar.

–Hay un problema –le dijo sin preámbulos–. Sube.

Shea obedeció sin rechistar. Hank giró a toda prisa y se dirigieron hacia el risco.

–¿Qué ocurre? –preguntó con miedo.

–Es la casa –dijo Hank–. Está ardiendo.

–¿Qué? –Shea no daba crédito–. ¿La casa... mi casa? ¿Cómo...?

–No lo sé. Creo que ha sido un relámpago. Pero como la casa es tan vieja, no tardará en quedar reducida a escombros. Es madera arde como la yesca.

Shea se quedó sentada en aturdido silencio. Hank se saltó el camino y se dirigió en línea recta hacia la casa, atravesando una zona de bosque. Pasaron por encima de baches y quebradas, y cuando llegaron al último risco Shea vio las llamas contra el cielo oscuro. Los bomberos rodeaban la casa junto a la policía y una ambulancia. Los hombres corrían en todas direcciones, gritándose unos a otros y luchando contra las llamas que salían por las ventanas. Una columna de humo negro rodeaba el tejado; los largos manguerazos de agua que los bomberos estaban lanzando sobre la superficie quemada tenían poco efecto.

Shea saltó de la camioneta antes de que Hank se detuviera por completo y corrió hacia la casa. Uno de los bomberos la sujetó.

–Lo siento, señora, pero tiene que alejarse de aquí.

–Es mi casa –gritó ella fuera de sí.

–Por favor, señora, no puede acercarse. Los muros podrían colapsar en cualquier momento.

Shea se dio la vuelta sin poder contener las lágrimas que le resbalaban por la cara. Nunca en su vida se había sentido tan impotente. La pesadilla se estaba haciendo realidad frente a sus ojos. Se acercó tambaleándose al extremo más lejano de la estructura y observó impotente cómo las llamas continuaban devorando el tejado. Al menos Alec y Scotty no estaban allí y no corrían peligro. Entonces algo captó su atención. Parecía una cara en la ventana de arriba. En la habitación de Scotty. Shea se secó las lágrimas y volvió a mirar. ¿Estaba Alec allí? ¿Habían regresado? ¿Estaba Scotty atrapado allí dentro? Entre la oscuridad y el humo, no podía estar del todo segura. El terror se apoderó de su corazón. Miró angustiada a su alrededor en busca de algún rastro de Alec.

–¡Scotty!

Los bomberos estaban sacando más mangueras de los camiones, gritándose instrucciones unos a otros. Entonces, Shea vio un coche blanco. Se parecía al que conducía Alec cuando estaba allí. ¡Había vuelto! Miró a su alrededor frenética, pero no vio a Alec en medio de todo aquel caos. Corrió hacia el bombero más cercano, le tiró de la chaqueta para llamar su atención y señaló hacia la ventana de arriba.

–Hay un niño allí arriba –tuvo que gritar para que la escuchara en medio del rugido del fuego y la conmoción.

El hombre miró hacia donde le indicaba. Una nube de humo oscuro se cernía todavía sobre la ventana abierta.

–Yo no veo a nadie, señora –dio sin apartar la vista–. Hemos comprobado la casa antes de que el fuego llegara a esa planta. No había nadie dentro.

–¡Pero está ahí! –Shea señaló la ventana.

El hombre se dio la vuelta y corrió hacia uno de

los camiones de bomberos gritando instrucciones a sus compañeros. Shea no podía esperar. Scotty no podía esperar. Sin pensar en nada más, salió disparada hacia la puerta de la cocina. Si se daba prisa tenía una posibilidad de llegar hasta Scotty a tiempo. Aspiró con fuerza el aire, subió por los escalones exteriores y entró. El muro de calor resultaba asfixiante. Una gruesa manta de humo inundaba la estancia, girando alrededor de ella cuando el aire fresco la siguió hasta el interior de la cocina. Mojó rápidamente unos trapos, se los puso en la cara y subió las escaleras de dos en dos. Cuanto más se acercaba a la segunda planta, más intenso se hacía el calor.

Al llegar a lo alto de los escalones escuchó un crujido y una nube de humo gris oscuro cayó del tejado. Tosió mientras se forzaba a continuar hacia delante. Solo unos pasos más.

—¡Scotty!

No obtuvo respuesta. Se agachó y reptó por el pasillo. Los trapos parecían servir de poca ayuda, el humo le quemaba la garganta y los pulmones. El humo le nublaba la visión. Finalmente llegó al cuarto de Scotty tocando la pared. Vaciló en el umbral solo una décima de segundo antes de lanzarse al interior. No se detuvo hasta llegar a la ventana en la que había visto la cara. De pronto el humo se alejó de la ventana abierta. Shea contuvo el aliento y entonces lo vio. El búho, el búho de peluche.

En aquel instante, un golpe seco en otra parte de la casa hizo que el suelo se moviera bajo sus pies. Shea se dio la vuelta y emprendió el arduo regreso por el pasillo. Al acercarse al umbral de su dormitorio sintió un momento de angustia al pensar en todas las cosas queridas que pronto se perderían para siempre. Las únicas cosas que quedaban de la familia Hardin estaban en el baúl de cedro. Actuando por impulso, se lanzó hacia el baúl. Agarró el tirador y lo arrastró fuera de la habitación. El humo era más espeso que unos instantes antes y cada respiración suponía un gran esfuerzo. En lo alto de las escaleras le dio una patada al baúl, que bajó golpeando cada escalón. Casi había llegado al final cuando una esquina golpeó contra la barandilla y se detuvo.

Shea se subió encima del baúl y trató de tirar de él. De pronto la barandilla se venció y el baúl salió disparado hacia delante. El movimiento hizo que perdiera el equilibrio y Shea cayó rodando el resto de las escaleras. El baúl cayó con fuerza encima de ella. Sintió que se desmayaba y trató de quitárselo de encima, pero se había quedado encajado entre el pilar de la barandilla y la pared con ella debajo. Le zumbaban los oídos. Cada vez que tosía se le llenaban los pulmones de minúsculas partículas de ceniza. Tiró del baúl para salir de debajo. El rugido del fuego, que ahora la rodeaba, resultaba ensordecedor. Hacía demasiado calor. Durante un momento detuvo sus intentos de retirar el baúl y se cubrió la cara con la única mano que tenía libre en un intento desesperado de respirar. Incapaz de moverse, lo único que pudo hacer fue mirar hacia el techo mientras la pesadilla continuaba desatándose. Sabía que se estaba asfixiando.

Sus pensamientos se dirigieron hacia Alec, su mente encapsuló el tiempo que habían pasado juntos. Era una buena persona. Un buen padre. Y ella le amaba con todo su corazón. Aunque aquel amor no fuera correspondido. Los momentos en que la había estrechado entre sus brazos fueron como probar el cielo en la tierra. Podía ver su hermoso rostro con la mente. Su sonrisa. El brillo de sus ojos. Podía escuchar su voz, grave y fuerte. Se alegraba de haber tenido la oportunidad de conocerle. De saber lo que era perderse completamente entre sus brazos. Qué no daría por tener otra oportunidad con él sin el asunto de la tierra pendiendo sobre sus cabezas. En la vida había muchas más cosas que la historia y la tradición. Lo que de verdad importaba era la gente que querías, no las estructuras fabricadas por el hombre. Las lágrimas le resbalaron por los ojos.

–Te amo, Alec –susurró mientras seguían cayéndole las lágrimas–. Te amo.

Hubo otro ruido detrás de ella. Shea giró el cuello y observó impotente cómo los escombros en llamas caían alrededor. La gruesa nube de humo le impedía ver las llamas del techo, pero escuchó el fuerte crepitar del fuego y el ensordecedor grito de las vigas al perder la sujeción del tejado que llevaban siglos soportando. Escuchó también su propio grito, pero se perdió en medio del estruendo de la madera al caer. Entonces se hizo la oscuridad.

***

En cuanto el helicóptero divisó las luces de la ciudad de Dallas, Alec detectó un brillo amarillento en el oscuro horizonte. Era un incendio. Cuanto más se acercaban al brillo amarillento, más miedo tenía Alec. Finalmente lo supo. Era la vieja casa. Nunca debería haber dejado a Shea allí.

Alec saltó poco antes de que el helicóptero aterrizara en una zona cerca del establo. Sus peores temores se habían confirmado. Los bomberos pululaban alrededor de la estructura lanzando chorros de agua al tejado y a los laterales en un último esfuerzo por salvar una parte de la casa. Alec miró por todas partes buscando a Shea, pero no la encontró. Cuando el cielo se abrió y empezó caer la lluvia a cántaros vio a Hank. El capataz estaba observando impotente los valerosos esfuerzos de los bomberos por contener el fuego. Corrió hacia él.

–¿Dónde está Shea? –le preguntó poniéndole una mano en el hombro.

Hank frunció el ceño y miró a su alrededor.

–Estaba justo aquí. Uno de los bomberos la apartó de la casa. No sé dónde fue…

El grito que atravesó el aire de la noche perseguiría a Alec durante el resto de su vida. Por encima de los gritos de los hombres, el rugir del fuego y el resonar de los truenos, un grito del interior de la casa en llamas le dio la respuesta.

–¡Está dentro! –susurró casi para sí mismo–. Hank, Shea está dentro. ¡Consigue ayuda!

Corrió hacia la casa. Antes de que pudiera llegar al porche, uno de los bomberos le agarró del brazo.

–No puede entrar, señor.

–Ella está dentro. Está dentro.

–No hay nadie dentro, y no podemos dejarle entrar.

Alec salió corriendo hacia la puerta de la cocina sintiendo cómo otros hombres le seguían para intentar detenerlo.

Al principio no la vio. Pero después atisbó el baúl a los pies de la escalera y el cuerpo inmóvil que estaba debajo. El terror se apoderó de él y fue incapaz de moverse.

–¡Aquí! –gritó lanzándose en aquella dirección.

Los hombres retiraron el baúl de encima del cuerpo inerte de Shea. Alec la tomó en brazos y salió corriendo hacia la puerta. Un fuerte golpe siguió a su retirada cuando el tejado cayó al suelo detrás de ellos. Una vez fuera de la casa, Alec cayó de rodillas y dejó suavemente a Shea sobre la tierra mojada. Los médicos y los bomberos la rodearon al instante.

En cuestión de veinte minutos, los servicios de emergencia tenían a Shea en una camilla y el helicóptero sanitario despegó rumbo a la unidad de quemados del hospital Regency de Dallas. A Alec no le permitieron ir con ella, pero la siguió en su propio helicóptero. Shea ya estaba siendo atendida cuando entró en urgencias. Estaba viva, pero nadie pudo decirle nada más. Llamó a Leona. Y esperó. Dos horas más tardes, uno de los médicos salió al pasillo.

–¿Señor Morreston? Soy el doctor Clements. Su esposa está estable, pero vamos a tenerla aquí unos días como medida de precaución. Debo decirle que ha sido muy afortunada. Lo que me preocupa son sus pulmones. Debido a la toxicidad de la madera, pueden pasar otras cuarenta y ocho horas antes de que se haga evidente alguna lesión química. Queremos asegurarnos de que está bien antes de darle el alta.

Alec se quedó una vez más con la única compañía de la esperanza y el remordimiento. No quería pensar en lo que podría haber ocurrido si no hubiera regresado cuando lo hizo.

Tres días más tarde, Shea y Alec hicieron en limusina el trayecto desde al hospital a un hotel de las afueras de Dallas. Ambos iban en silencio. Alec estaba sentado a su lado. No la presionó para que hablara, solo le ofreció su fuerza en silencio. Shea estaba agradecida por estar viva. El hecho de que Alec estuviera a su lado la enternecía. A la larga tendrían que hablar. Debía asegurarse de que Alec supiera que no seguiría intentando quedarse con la tierra. Después de todo, le pertenecía a él, y así había sido desde el principio. Después de todo lo que le había hecho pasar, lo menos que podía hacer era retractarse. Le había sido otorgada la segunda oportunidad que pidió. Debía usarla con cuidado. No quería volver a estropearlo. Lo único que deseaba con cada célula de su cuerpo era rendirse entre sus brazos y confesarle lo mucho que le amaba. Pero mientras estuvo en el hospital no había podido dejar de pensar en su situación, y llegó a la conclusión de que confesarle todos sus sentimientos no era la mejor opción. Al parecer, Alec había regresado al rancho para asegurarse de que ella había hecho las maletas. No había contado con que la casa se quemara. En lugar de limitarse a acompañarla a la puerta, se había visto obligado a salvarla de su propia estupidez.

No sabía muy bien cómo acercarse a él. Declararle su amor sería incómodo para él y haría que se sintiera responsable de su bienestar. Aquella era su última oportunidad para hacer las cosas bien. Tenía que ser fuerte, esta vez por Alec.

Cuando el botones abrió la puerta de la suite de lujo, Shea miró a su alrededor. Nunca imaginó que pudiera existir tanto lujo. De pronto cayó en la cuenta: aquel era el mundo de Alec. Tras su paso por el rancho, había llegado a verle no como un multimillonario, sino como un tipo simpático y algo obstinado. Estar ahora allí y ver una prueba de cómo debía vivir normalmente le resultaba... surrealista.

Shea cruzó el enorme salón hasta llegar a la pared de cristal que daba a la zona metropolitana de Dallas.

—¿Tienes hambre? —le preguntó Alec a su espalda.

Ella sacudió la cabeza.

—No, pero me encantaría darme un baño.

—A la izquierda por esa puerta, señora Morreston —un hombre con uniforme del hotel estaba justo en el umbral de la suite—. Por favor, permítame que se lo prepare. ¿Cómo le gusta el agua?

Mientras Shea pensaba la respuesta, Alec intervino:

–Muy caliente, gracias.

Cuando el hombre hubo desaparecido en la habitación de al lado, Alec se volvió hacia ella.

–Encontrarás algo de ropa en el armario y en la cómoda. Le dije a la dependienta que enviara lo que pudieras necesitar hasta que puedas comprar otro guardarropa. Si te falta algo, dímelo.

–Gracias.

El dormitorio principal era tan espacioso como el salón. Tenía las mismas paredes de cristal, que ofrecían una vista impagable, pero aquí había una enorme cama con ropa de seda tan gruesa y lujosa que daba la impresión de que una persona podría desaparecer en su suavidad al tumbarse. El vestidor y el cuarto de baño estaban justo detrás. Shea estaba convencida de que en la bañera oval cabrían al menos diez personas. Como mínimo.

Salió una hora más tarde sintiéndose limpia y mimada y oliendo a lilas. Se puso una de las cómodas camisetas blancas nuevas de la cómoda, se dirigió a la cama y se metió en ella. El agotamiento la llevó al sueño. Tuvo la vaga sensación de que Alec se unió a ella en algún momento de la noche. Sus fuertes brazos la estrecharon contra sí, ofreciéndole su calor y su seguridad.

Los rayos del sol de la mañana se filtraron suavemente a través de las finas cortinas. Shea abrió los ojos y recordó al instante dónde estaba y todo lo que había sucedido. Vio una rosa roja en una esquina de la cama con una nota debajo. Agarró la preciosa flor, aspiró su rico perfume y luego tomó el trozo de papel.

Sabía que necesitabas descansar, así que no te he despertado. Voy a una reunión abajo. Hay café y zumo en la mesita auxiliar. Volveré en cuanto pueda.

Alec

Revolvió entre la ropa nueva que colgaba en el inmenso armario y escogió un vestido elegante pero sencillo de color azul. Se recostó mientras saboreaba el delicioso café que había llevado un empleado del hotel y observó la ciudad de Dallas pensando en Alec y en lo que iba a decirle antes de irse. Sería doloroso decirle adiós. Le amaba mucho. Pero no sería una de aquellas mujeres que se agarraban de los hombres que no las querían. Lo correcto era irse. Era lo único que podía hacer.

Alec llamó sobre las dos para decirle que todavía le quedaba un rato. Ella fue a explorar sí misma el hotel.

La puerta del ascensor se abrió al llegar al vestíbulo. Shea salió y se fijó al instante en la pantalla de televisión que había tras el mostrador de recepción. Mostraba varias tiendas y salas de reunión y su ubicación. Bajo la suite presidencial destacaba un nombre: Morreston. Shea sintió un escalofrío. ¿Podría tratarse de la reunión que Alec había mencionado sobre el futuro del rancho? Sin pensar en lo que hacía, dirigió sus pasos hacia allí.

Shea apretó los puños mientras se acercaba en silencio a la entrada de la sala de reuniones y abrió una de las puertas de caoba. Escuchó al instante el murmullo de la conversación. En la sala había unos cuarenta hombres y mujeres. Algunos sostenían copas de champán mientras otros tomaban café. La mayoría formaba grupos pequeños, asintiendo o discutiendo sobre algún punto.

Entró y buscó a Alec. Finalmente lo vio en la esquina más alejada. Estaba rodeado de siete u ocho personas y agitaba las manos como si quisiera enfatizar lo que estaba diciendo. Shea sintió un nudo en el estómago. Esta era la reunión. Y esta era la gente, los inversores que pondrían millones para el complejo de entretenimiento que Alec iba a construir. Se sentía cómodo en aquel escenario. Confiado. Seguro de sí mismo. Escuchaban con avidez cada palabra que pronunciaba.

Un camarero vestido con chaqueta blanca apareció a su lado ofreciéndole una copa de champán en una bandeja de plata. Ella sacudió educadamente la cabeza para rechazarla. Dirigió la mirada hacia la construcción que había en una mesa de exhibición en el centro de la estancia. Sabía que era un modelo a escala que mostraba el futuro del rancho. No quiso acercarse a verlo mejor. Ya no importaba. Seguramente Alec dirigiría aquel proyecto desde su oficina de Nueva York. Cuando terminara aquella reunión, Alec se marcharía. Los ojos se le llenaron de lágrimas y todo el cuerpo empezó a temblarle. El corazón le latía con fuerza contra el pecho al tragar salía para contener las náuseas. Creía que estaba preparada para aceptar su partida y que podría despedirse de él con una sonrisa de compresión. No había imaginado que el dolor de perderle pudiera llegar a ser tan aterrador.

–¡Shea!

Su voz grave hizo explosión. A pesar del tumulto de sus emociones, su corazón todavía respondía al sonido de su voz. Shea se secó rápidamente las lágrimas.

–Se han equivocado –le dijo él desde el umbral del dormitorio–. Ese modelo a escala no se parece siquiera a lo que yo quería hacer. Hay unos cuantos inversores con tendencia a llevar las cosas al límite. Lo que viste no va suceder.

–Está bien –Shea asintió y empezó a doblar la ropa que Alec le había comprado. Entre ellos había habido demasiadas palabras dolorosas, demasiadas cosas que lamentar–. No pasa nada. Es tu tierra. Puedes hacer con ella lo que quieras.

–Shea…

Ella sacudió la cabeza y forzó una sonrisa mientras guardaba sus escasos objetos personales en una bolsita que le serviría de maleta.

La levantó de la cama y se giró para mirar a Alec.

–Felicidades por el proyecto. Lo digo de verdad. Estoy segura de que será un gran éxito. Tus inversores tienen confianza en ti. Saben que eres el mejor.

Tenía que aceptar que Alec se marcharía y no

regresaría jamás. No volvería a verle nunca. Sintió deseos de volver a llorar pero se contuvo.

–Si algún día vuelves a pasar por esta zona, acércate a ver a Leona. Ella sabrá dónde encontrarme.

Alec se la quedó mirando durante un largo instante. Abrió la boca como si fuera a decir algo, pero al parecer se lo pensó mejor. Y ella se lo agradeció. Lo único que quedaba era admitir el amor que sentía por el hombre que tenía delante. Pero no lo haría. No le empujaría de una situación incómoda a otra. Le respetaba demasiado.

Entonces, de pronto, Alec se movió, la agarró de los brazos y la apoyó contra la pared. Sus labios resultaron duros, casi crueles, cuando cayeron sobre los suyos. Se apoderó de su boca con ansia, consumiendo la suya con una pasión que amenazaba con devorarle el alma. Esta vez no hubo suavidad, solo deseo salvaje. Y Shea disfrutó de su fuerza, de su sabor. Le besó a su vez con todo el deseo contenido que había estado destrozándola durante días, Una última vez. Un último atisbo del cielo entre sus brazos.

Los finos tirantes del vestido evitaban que pudiera tocarla. Alec se los bajó sin ningún esfuerzo y arrojó el vestido al suelo. Le cubrió los senos desnudos con las manos, moldeándolos, acariciándolos, sintiendo cómo se expandían bajo su contacto mientras continuaba devorándole la boca con la suya. Luego apartó los labios y empezó a besarla y a mordisquearle el cuello. Después bajó para succionarle los rígidos picos de los senos.

Shea tembló y cerró el puño sobre su pelo. Alec le deslizó la mano por el vientre y luego más abajo, hacia la zona sensible de entre las piernas. La oleada de pasión que sintió ante su contacto le hizo apretar las caderas contra su mano, confirmando su deseo. Alec apartó rápidamente las braguitas de encaje y la acarició. Ella gimió. Y luego le escuchó gruñir.

–No puedo ir despacio –le reconoció al oído con voz ronca.

–No… no quiero que lo hagas.

Alec se desabrochó los pantalones lo suficiente y luego la levantó, colocándola para recibirlo. Entró profundamente en ella sin más preámbulo. Su boca ávida se tragó sus suaves gemidos mientras el cuerpo de Shea se acomodaba al suyo, aceptando y abrazando su calor. Shea le rodeó las caderas con las piernas, agarrándose a él mientras Alec empezaba a moverse llenándola, tomándola con fuerza.

–Oh, Alec. Yo…

No terminó la frase, pero él lo supo. La agarró de las caderas y la penetró con más profundidad una y otra vez hasta que Shea gritó cuando su pasión explosionó. Las oleadas finales de su clímax atraparon a Alec en una tormenta de emociones y la siguió, pulsando profundamente en su interior mientras gruñía su nombre.

Cuando las olas del éxtasis se calmaron, Shea le agarró de la nuca y le besó en el cuello mientras trataba de recuperar el aliento.

–Te amo, Alec –le dijo en voz baja–. Perdóname, pero te amo.

Él alzó la cabeza y la miró a los ojos.

–Shea –murmuró su nombre y luego volvió a besarla apasionadamente, sellando en silencio el lazo que los unía.

La tomó en brazos y la llevó al dormitorio sin decir una palabra. La depositó sobre el suave colchón. Se quitó rápidamente la ropa y se tumbó a su lado, atrayéndola hacia sí. Ella apoyó la cabeza en su pecho y escuchó el fuerte latido de su corazón.

–¿Por qué entraste en la casa? –Alec le acarició los suaves mechones de pelo.

–Creí… creí haber visto a Scotty. Arriba. En la ventana de su dormitorio. Creí que le habías traído de regreso. Cuando entré en su habitación me di cuenta de que lo que había visto desde fuera era su búho de peluche. Cuando bajé corriendo las escaleras me acordé del baúl. Pensé que podría salvarlo. Era lo único que me quedaba de mi madre, las únicas fotos de mi padre.

Tragó saliva y se giró para mirar a Alec.

–¿Por qué has vuelto?

–Quería asegurarme de que salieras de la casa antes de que ocurriera algo. Sabía que me iba a costar trabajo sacarte de allí, pero nunca imaginé que tendría que sacarte inconsciente.

Shea dejó escapar un suspiro tembloroso. Todo había terminado.

Capítulo Diez

La semana que había pasado con Leona le proporcionó a Shea el tiempo y el espacio para trabajar las emociones y el dolor que le estaban consumiendo el alma. Alec había llamado todos los días para asegurarse de que estaba bien. Escuchó a Leona decirle que así era. Le alegraba que alguien pensara así.

Aquella mañana, Shea sintió que había llegado el momento. El día había amanecido brillante y soleado y sabía que había retrasado demasiado su regreso al rancho. Tenía que dar el siguiente paso y despedirse.

El lugar en el que se había alzado la casa durante tantos años se había limpiado y se había allanado el terreno. Todavía quedaban restos del pequeño camino que antes llevaba a la puerta de la cocina desde el jardín de atrás. Todos las demás construcciones del rancho estaban intactas. Solo faltaba la casa. Shea se dirigió despacio hacia el establo principal y allí se detuvo para acariciar los sedosos cuellos a los caballos. Después se dirigió hacia la el cuarto de aperos. Antes de llegar, sus ojos se posaron en un objeto. Apoyado contra la pared estaba lo que parecía ser el viejo baúl. Frunció el ceño, se agachó y tocó la tapa con cuidado. Era real. Shea cayó al instante de rodillas y levantó la tapa. Un leve aroma a pino le inundó los sentidos. Apartó una capa de papel de seda y vio las fotos familiares. Bajo las fotos estaban las sábanas bordadas a mano de su madre y dos colchas con las iniciales A.H., y finalmente, el traje de novia. Tragó saliva cuando lo sacó y se lo llevó al corazón.

Alec estaba detrás de esto. Se las había arreglado para salvarlo todo. Se le llenaron los ojos de lágrimas. Entonces se fijó en que había un tablón suelto en la parte de abajo. Shea dejó el traje sobre las colchas y apartó el trocito de madera. Debajo había cartas. Docenas de cartas. Muy antiguas, amarilleadas por el tiempo. ¿Qué era aquello? Agarró una de ellas y empezó a leer: «12 de abril de 1814. Mi queridísima Alyssa, mi amada…».

Todas estaban firmadas por William Morreston. El tataratatarabuelo de Alec. Shea supo con un rápido vistazo que se trataba de cartas de amor. Volvió a mirar en el interior del baúl y vio una foto antigua entre las cartas. En ella había dos figuras: una mujer joven al lado de un hombre alto y guapo. De pronto supo que aquellas eran las piezas que faltaban en el puzle. William Morreston había cortejado a Alyssa Hardin, hija de la viuda Mary Hardin. Se había enamorado de ella y tenían pensado casarse.

Las fotografías eran algo poco habitual y muy costoso en aquella época. Debería haberse tomado en una ocasión muy especial. Como una boda. Las colchas, las sábanas… aquel había sido el baúl de la esperanza de Alyssa. Y era ella la que había muerto en el incendio de la antigua casa. Antes de poder convertirse en la esposa de William. Un pensamiento le cruzó por la mente: nunca había sido una cuestión de tierras. El contrato escrito doscientos años antes, la cláusula que la obligó a casarse con Alec, todo había sido pensado para reunir a dos descendientes de William y Alyssa.

Empezó a temblar mientras trataba de contener las lágrimas, pero le resbalaron por las mejillas y le mojaron la carta que tenía entre las manos. Aunque había dejado a Alec con la mejor intención, el caso era que le había dejado. Y aunque él había llamado para ver cómo estaba, no había regresado. La verdad la golpeó como una bofetada. Se había ido. Para siempre. El dolor que sintió en el corazón le resultó insoportable, la tristeza era tan profunda, tan perforadora, que supo que nunca se recuperaría. Aunque tenía los ojos nublados por las lágrimas, miró el reluciente anillo de casada que tenía en la mano izquierda. Parecía que hubiera pasado toda una vida desde que Alec le puso el anillo en el dedo y le dijo que nunca se lo quitara. No había sido capaz de mantener el regalo más grande que el destino le había dado. Había perdido al mejor de los hombres, el único hombre que había amado y que amaría mientras viviera. Un hombre que nunca habría entrado en su vida de no ser por una ridícula cláusula de un contrato escrito doscientos años atrás.

Las lágrimas le resbalaron por la cara, ya no hizo ningún esfuerzo por contenerlas. Borraron la imagen del precioso anillo mientras se lo quitaba del dedo.

—Te dije que lo llevaras puesto —dijo una voz grave y conocida a su espalda.

Shea se dio la vuelta conteniendo la respiración. Alec estaba en el umbral del establo vestido con vaqueros y una camisa de algodón blanco, con una mano en la puerta y la otra en la cadera. Tan guapo como siempre. Shea tardó unos segundos en poder hablar.

—¿Alec? ¿Qué… qué estás haciendo aquí?

—Quiero volver unas cuantas semanas atrás en el tiempo. Quiero abrazar a mi mujer cada noche y ver su cara cuando me despierto por la mañana. Y quiero ver su vientre crecer con mi hijo dentro. He archivado el proyecto entero, Shea. No quiero que se mueva ni una piedra ni una brizna de hierba de este rancho. He pasado la última semana asegurándome de que eso no ocurra. Si los inversores están de acuerdo, adelante. Si no… Me importa un bledo. Nada vale la pena si te pierdo a ti. ¿Por qué te fuiste del hotel? ¿Te he perdido, Shea?

Ella sacudió la cabeza y se puso de pie.

—Nunca podrías perderme, Alec. Te amo demasiado.

Corrió hacia sus brazos fuertes y poderosos y él la estrechó. Shea le besó con todo el amor que sentía dentro, las lágrimas de tristeza pasaron a ser de pura felicidad. Finalmente Alec le alzó la cabeza y le acarició la cara.

—Para que esta vez quede claro: estoy enamorado de ti desde que entraste en el despacho de Ben

–admitió Alec mirándola a los ojos–. Aunque reconozco que luché contra ello, después incluso de que nos casáramos. Me dije que me estaba metiendo yo solito en la boca del lobo porque alguien como yo no se merecía a alguien como tú. Sé manejar las mentiras y las puñaladas por la espalda, pero en mi mundo no hay mucho espacio para la sinceridad y la inocencia. La confianza es algo nuevo para mí –le deslizó la mirada por el rostro–. Pero tú me has enseñado que puedo volver a confiar. Puedo amar. Y te amo, señora Morreston.

Shea sabía que le estaba diciendo la verdad. Aquel hombre tan increíble la amaba. Era su marido. Scotty era su hijo. Y no le importaba que vivieran en Nueva York, en Texas o en algún lugar intermedio siempre y cuando estuvieran juntos. Aquella certeza quedó sellada cuando los labios de Alec volvieron otra vez a posarse en los suyos con un beso apasionado y profundo que no dejaba ninguna duda. Entonces Alec dirigió los labios hacia su oreja.

–Mmm –murmuró mordisqueándole el cuello–. Tenemos que volver a Dallas. Al hotel. A la habitación…

Shea sonrió, se mordió el labio y sacudió la cabeza mientras le guiaba por la puerta abierta del cuarto de aperos hacia una pila de mantas que había al fondo.

–Ese hotel está demasiado lejos.

Alec alzó las cejas, sonrió al darse cuenta de sus intenciones y cerró la puerta con el pie.

Deseo

ENAMORADA DEL CHICO MALO

HEIDI RICE

El oscuro, inquietante e increíblemente atractivo Monroe Latimer podía estar con la mujer que quisiera, pero no se comprometía con ninguna. En cuanto lo vio, Jessie Connor supo que debía mantener las distancias con él. Pero había un problema: que la excitaba más de lo que la había excitado ningún hombre y que, por si eso fuera poco, se había convertido en el objetivo de sus preciosos ojos azules.

Jessie sabía que se acostaría con ella, pero también que no le podía ofrecer una relación estable. ¿Cambiaría Monroe cuando supiera que se había quedado embarazada?

Se había encaprichado de él

¡YA EN TU PUNTO DE VENTA!

Acepte 2 de nuestras mejores novelas de amor GRATIS

¡Y reciba un regalo sorpresa!

Oferta especial de tiempo limitado

Rellene el cupón y envíelo a
Harlequin Reader Service®
3010 Walden Ave.
P.O. Box 1867
Buffalo, N.Y. 14240-1867

¡Sí! Por favor, envíenme 2 novelas de amor de Harlequin (1 Bianca® y 1 Deseo®) gratis, más el regalo sorpresa. Luego remítanme 4 novelas nuevas todos los meses, las cuales recibiré mucho antes de que aparezcan en librerías, y factúrenme al bajo precio de $3,24 cada una, más $0,25 por envío e impuesto de ventas, si corresponde*. Este es el precio total, y es un ahorro de casi el 20% sobre el precio de portada. !Una oferta excelente! Entiendo que el hecho de aceptar estos libros y el regalo no me obliga en forma alguna a la compra de libros adicionales. Y también que puedo devolver cualquier envío y cancelar en cualquier momento. Aún si decido no comprar ningún otro libro de Harlequin, los 2 libros gratis y el regalo sorpresa son míos para siempre.

416 LBN DU7N

Nombre y apellido	(Por favor, letra de molde)
Dirección	Apartamento No.
Ciudad	Estado	Zona postal

Esta oferta se limita a un pedido por hogar y no está disponible para los subscriptores actuales de Deseo® y Bianca®.
*Los términos y precios quedan sujetos a cambios sin aviso previo.
Impuestos de ventas aplican en N.Y.

SPN-03 ©2003 Harlequin Enterprises Limited

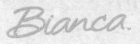

¡Tenía que olvidar la tentación de quedársela para él!

Debería ser fácil. Karim Al Khalifa, príncipe coronado de Markhazad, tenía un cometido: buscar a la princesa Clementina Savanevski, que estaba escondida en Inglaterra, encontrarla y volver con ella a su país para que se casara... con otro hombre.

Karim no debería fijarse en su olor seductor, en esas curvas tentadoras ni en las miradas provocativas que le dirigía. No, el honor de su familia, y el suyo propio, exigían que entregara a Clementina pura e intacta a su futuro e indeseado marido.

Honor, deseo y amor

Kate Walker

Deseo

MI VIDA CONTIGO

SARA ORWIG

Embarazada, abandonada y perdida en medio de una tormenta de nieve en Texas, Savannah Grayson agradeció que el millonario ganadero Mike Calhoun la rescatase. El viudo, padre de un niño de tres años, le ofreció refugio en su enorme rancho.

Decidido a no entregar su corazón a una mujer nunca más, Mike intentó controlar la atracción que sentía por su invitada. Mientras pasaban días helados haciendo muñecos de nieve con su hijo y noches charlando y besándose frente a la chimenea, Mike tendría que luchar contra un corazón que empezaba a descongelarse… una lucha que estaba a punto de perder.

¿Derretiría el corazón del ganadero?

¡YA EN TU PUNTO DE VENTA!